주문을
틀리는
요리점

주문을
틀리는
요리점

THE RESTAURANT OF ORDER MISTAKES

웅진 지식하우스

어느 날, 제 페이스북으로 한 통의 메시지가 도착했습니다.

보낸 사람의 이름은 '김명숙' 님. KBS 방송국 PD로 일하고 있다고 했습니다.

그 정성스럽게 번역된, 길고 긴 메시지를 읽어보니 "당신이 기획한 '주문을 틀리는 요리점' 프로젝트의 기사를 읽고 무척 가슴이 두근거렸습니다"라고 적혀 있는 게 아니겠습니까!

이 얼마나 감사하고 멋진 일인지요. 메시지를 받은 저 역시 두근두근, 진심으로 행복해지는 기분이 들었습니다. 왜냐하면 '주문을 틀리는 요리점'은 도쿄에 있는 불과 열두 석의 작은 레스토랑에서 2017년 6월 단 이틀간만 열린, 작디작은 이벤트였기 때문입니다. 그 소식이 순식간에 바다를 건너 한국에 도착, 한 PD의 마음을 흔들었다니. 저로서는 믿을 수 없을 만큼 놀라운 일이었습니다.

그녀의 메시지 말미에는 이런 내용이 있었습니다.

"한국에서도 치매는 심각한 사회 문제가 되고 있습니다. 저 역시 우리 모두가 치매를 어떻게 받아들여야 할 것인가에 대해 새로운 시각을 제시하는 프로그램을 만들고 싶습니다."

이야기는 거기서 끝나지 않았습니다. 그녀가 '주문을 틀리는 요리점'에 방문하기 위해 일본까지 와준 것입니다.

그녀의 눈에 비친 '주문을 틀리는 요리점'은 과연 어떤 모습이었을까요. 자세한 이야기를 나누지 못해 알 수는 없습니다. 다만 "한국에서도 이런 프로젝트를 꼭 해보고 싶어요"라고 말하며 눈을 반짝이던 모습만은 생생합니다.

'주문을 틀리는 요리점' 이야기는 한국 외에도 미국, 중국, 프랑스, 싱가포르, 심지어 중동 국가에까지 속속 소개되어, 무려 전 세계 150여 개국으로 퍼져나갔습니다. 그야말로 인종과 국경, 종교와 사상을 넘나드는, 가히 열광적인 반응이었습니다.

그런데 왜 이토록 많은 사람들의 마음을 끌어당긴 걸까요. 실은 기획자인 저도 잘 모르겠습니다.

다만 한 가지, 확실히 말할 수 있는 건 '주문을 틀리는 요리점'에는 마음이 따뜻해지는 이야기가 가득하다는 사실입니다.

예를 들어, '치매'라는 단어를 듣고 여러분은 어떤 이미지를 떠올리시나요.

기억 장애, 가출, 폭력, 폭언, 힘든 간병, 스스로를 잃어버리는 무서운 병……. 아마 이런 부정적인 느낌이 많을 거라 생각합니다.

저 역시 마찬가지였고, 또한 치매에 그런 부정적인 면이 없지 않아 있는 것도 엄연한 사실입니다.

그러나 그것이 전부는 아니지 않을까요.

"치매 환자이기 전에, 사람이잖아요."

이 말은 '주문을 틀리는 요리점' 실행위원장을 맡았던, 치매 간병 전문가 와다 유키오 씨가 평소 자주 하던 말입니다. 우리가 이 프로젝트를 기획하고 또 실행함에 있어, 가슴속으로 매우 소중히 여긴 한마디이기도 했지요.

치매에 걸렸다고 해서, 그 사람의 마음이나 인생마저 갑자기 사라져버리는 것은 아닙니다.

당연한 말이지만 그 사람은 그 사람답게 계속 살아갈 것이고, 거기에 가끔 치매라는 녀석이 불쑥 나타나는 것뿐이겠지요.

이 책에는 '주문을 틀리는 요리점'에서 함께 일했던 분들의 이야기가 여럿 소개되어 있습니다.

즐기면서 일하는 분도 있었고, 많이 힘들어 한 분도 있었습니다.

농담만 하다 가신 분도, 또 일이 너무 고되어 중간에 가버린 분도 있었습니다.

다 잘 돌아가기만 했을 리도 없습니다. 하긴 모든 것이 쉬웠다는 얘기 따위 아무도 읽고 싶지 않겠지요.

그렇게 이 책은 그분들 저마다의, 있는 그대로의 이야기가 담기게 되었습니다.

'주문을 틀리는 요리점'의 이야기를 이렇게 한국 독자 분들께 들려드리게 되어 진심으로 기쁘게 생각합니다. 이 책을 읽고 당신이 '치매'라는 단어에 대해 갖고 있던 이미지가 조금이라도 바뀔 수 있다면, 프로젝트를 기획한 한 사람으로서 그 이상의 기쁨은 없겠습니다.

그러면 지금부터, '주문을 틀리는 요리점'의 이야기를 마음껏 즐겨주세요.

2018년 7월 도쿄의 한 작은 카페에서

오구니 시로

차례

한국어판 서문 ·· 4

프롤로그 주문을 틀리는 요리점이 만들어지기까지 ··················· 12

제1부 요리점에서 생긴 일

story 1. 요시코 씨의 이야기
아직 일할 수 있는데 ······················· 43

story 2. 미카와 씨 부부의 이야기 ①
레스토랑에서 둘만의 연주회를 ··············· 50

story 3. 미도리 씨의 이야기
뭐? 무슨 말이야? ························· 61

story 4. 에미코 씨의 이야기
배가 너무 고파요 ························· 65

story 5. 손님들의 이야기 ①
어디까지가 콘셉트인 거지? ················· 71

story 6. 히데코 씨의 이야기
깜빡해버린 돈 ·· 77

story 7. 휴게실의 사건 사고
돌아오니 모두가 웃는 얼굴 ·························· 82

story 8. 후미히코 씨의 이야기
틀려도 괜찮아 ·· 91

story 9. 데쓰 씨의 이야기
음료는 더 있다가 나가도 됩니다 ·················· 100

story 10. 미카와 씨 부부의 이야기 ②
아주 작은 자신감 ····································· 108

story 11. 어떤 가족의 이야기
실수를 받아들인다는 것 ···························· 118

story 12. 손님들의 이야기 ②
역시 최고의 레스토랑이야 ·························· 128

story 13. 홀 이야기
누구나 환영받는 장소 ······························ 135

제2부 요리점을 만들면서

아주 보잘것없는 일상의 풍경
- 어쩔 수 없는 이유에서 ………………………… 145
- 맥 빠질 정도로, 지극히 평범한 광경 ………………… 146
- 이 또한 현실입니다 ……………………………… 148
- '평범하게 살아가는 모습'을 지키기 위하여 …………… 150
- 방황과 갈등으로 흔들리지 않도록 ………………… 151
- 치매 환자이기 전에, 사람이잖아요 ………………… 153
- 그 사람이 그 사람이라는 사실은 변함이 없다 ………… 154
- 골칫덩어리에서 '어, 보통 사람이네' ……………… 156
- 언젠가 꼭 '주문을 틀리는 요리점'을 만들어 보리라 …… 158

무언가를 잃고 무언가를 얻다
- 앞으로 어떻게 될지 아무도 모른다 ………………… 160
- 지금이다! 그래, 지금이야! ………………………… 162
- '프로그램 제작을 안 하는 PD' 탄생! ………………… 163

순수하고 멋진 동료들을 모으자!
- '일'이 아니라서 잘 되는 것 ……………………… 166
- 함께할 사람에게 바라는 '세 가지 조건' ……………… 167
- 모든 것은 '프로젝트 성공'을 위하여 ………………… 168
- 결집! 최고의 멤버들 ……………………………… 172

우리가 가장 소중히 여기기로 한 '두 가지 규칙'

- 응석을 받아주면 타협이 발생한다 ····················· 181
- 설령 신중하지 못하다고 해도 ····················· 186
- 누구에게나 괴로운 일 ····················· 187
- 틀린다고 해도 용서받을 수 있습니다 ····················· 190

여유로운 마음이 널리 퍼지기를 간절히 바라며

- '뭐, 괜찮아요'라는 관용 ····················· 191
- 실수를 받아들이고 함께 즐기다 ····················· 194
- 한 시간 안에 할 수 있는 일도 90분 걸려서 한다 ····················· 195
- '비용'이 '가치'로 바뀌었다 ····················· 198
- 당당하게, 자신감을 가지고 일할 수 있는 장소 ····················· 200
- 괜찮아, 괜찮아. 잘 안 풀려도 괜찮아 ····················· 201

전하고 싶은 메시지는, 없습니다

- 훌륭한 원작과 영화의 관계 ····················· 206
- 각자의 감성으로 자유로운 해석을 ····················· 207

에필로그 '주문을 틀리는 요리점'의 미래 ····················· 212
옮긴이의 글 ····················· 228

주문을 틀리는 요리점이
만들어지기까지

──── **실수를 즐기는 이상한 식당**

'주문을 틀리는 요리점'에 어서 오세요.

조금은 요상한 이름의 이 레스토랑에 흥미를 가져주셔서 진심으로 감사드립니다.

저는 이 프로젝트를 기획한 오구니 시로라고 합니다.

지금부터 이 레스토랑에 대한 이야기를 들려드리려고 하는데, 그보다 먼저 여러분들이 꼭 알아주셨으면 하는, 이곳만의 특별한 '규칙'을 말씀드릴까 합니다.

'이 레스토랑에서는 주문한 요리가 정확하게 나올지 어떨지 아무도 모른다'

이렇게 말하면 "말도 안 돼! 그런 레스토랑이 어디 있어!" 하고 버럭 화부터 내는 분들도 있을지 모르겠습니다.

네, 그러니까 '주문을 틀리는 요리점'이라는 간판을 내걸고 있는 겁니다.

아, 이것도 말씀드리는 편이 좋겠군요.

'이 레스토랑에서 주문을 받는 스태프들은 모두 치매나 인지 장애를 앓고 있는 상태다'

인지 장애 상태에 있는 분들이 주문을 받는다니, 주문을 틀릴 만도 하겠지요. 그렇기 때문에 주문한 요리가 제대로 나올지 아닐지는 아무도 모른다, 이 말입니다.

하지만 "그분들의 실수를 인정하고 오히려 함께 즐기세요"라는 것이 이 레스토랑의 콘셉트입니다.

이렇게 설명을 하면 '아…… 그게 가능할까? 아니, 그렇게 해도 괜찮나?' 하고 불안하게 생각한다거나 당황하는 분도 있을 겁니다.

당연합니다, 저도 엄청나게 불안했으니까요.

기획한 당사자도 불안했을 정도니까 당혹스러워하시는 마음, 충분히 이해합니다.

하지만 저는 과감히 시도해 보기로 했습니다.

'주문을 틀릴지도 모르는 요리점…… 꼭 한번 해보고 싶다!' 내 안에서 끓어오르는 이 충동을 도저히 주체할 길이 없었기 때문입니다.

—— 햄버그스테이크가 만두로 변신?!

이야기는 2012년으로 거슬러 올라갑니다.

TV 방송국 PD가 본업이었던 저는, 우연한 기회에 '치매 환자 간병업계의 이단아' 와다 유키오(和田行男) 씨가 총괄하고 있는 시설을 취재하러 갔다가 이 일련의 '실수'를 경험하게 되었습니다.

와다 씨는 '마지막까지 나답게 살아가는 모습을 잃지 않는 것'이 가장 중요하다 믿으며, 이에 바탕을 둔 간병 활동을 무려 30년에 걸쳐 실천해 온 선구자 중 한 사람입니다.

이 시설에서 생활하는 분들은 치매를 앓고는 있지만 장보기와 요리, 청소와 세탁 등 자신이 할 수 있는 범위의 일들은 스스로 하고 있습니다.

어느 날 오후,

취재를 나가다 보면 현장에서 그곳 할아버지, 할머니들이 직접 만드는 요리를 대접받는 일이 종종 있는데, 그날의 점심식사는 강렬한 위화감과 함께 시작되었습니다.

그도 그럴 것이, 나오기로 예정된 메뉴는 햄버그스테이크.

그런데 정작 식탁 위에 등장한 것은 아무리 봐도 만두였습니다.

으음, 다진 고기가 든 것 말고는 비슷한 점이 없는데…… 뭐지……? 으음……??

머릿속에 연신 '?' 마크만 맴돌고, 목 끝까지 차올라 온 '어? 오늘 메뉴는 햄버그스테이크 아니었나요?' 이 말을 삼켜버려야 했습니다.

'이거, 실수한 거죠?'

그 말 한마디로, 와다 씨와 노인분들이 그동안 쌓아온 이 '당연한 삶'을 물거품으로 만들어 버릴 것 같은 느낌이 들었기 때문입니다.

설령 햄버그스테이크가 만두로 변신했다 한들, 무슨 문제가 있 겠어요.

그 누구도 곤란해질 일 없습니다. 메뉴가 틀렸더라도 맛만 있 으면 된 거니까요.

그런데도 굳이 '이것이 아니면 안 된다'는 틀에 치매 상태의 분 들을 끼워 넣어 버린다면 간병 현장은 점점 숨 막히는 궁지에 몰 리게 될 뿐이다. 또한 그런 사고방식이 기존의 간병에서 보여졌던 '구속'이나 '감금'으로 이어지는 것인지도 모른다, 하는 생각이 들 었습니다.

그런 간병 세계를 바꾸어 나가기 위해 하루하루 고군분투하고 있는 와다 씨의 현장을 취재하러 온 내가, 고작 햄버그스테이크가 만두로 둔갑한 정도의 해프닝 때문에 이렇게 당황하고 있다는 사 실이 너무도 부끄럽게 느껴졌습니다.

그리고 바로 그 순간,

불현듯 '주문을 틀리는 요리점'이라는 키워드가 떠올랐습니다.

―― 잘못 나왔지만, 뭐 어때

　그때는 크게 의식하지 않았지만, 훗날 그 이름의 모티프가 된
것은 미야자와 겐지(宮沢賢治)의 『주문이 많은 요리점(注文の多い料
理店)』이었던 것 같습니다.
　아니면 와다 씨가 "집 근처에 몇 번을 말해도 주문이 '틀리고',
게다가 계산도 '틀리는' 오코노미야키 집이 있는데, 언제 한번 갑시
다"라고 종종 했던 이야기가 내재되어 있었는지도 모르겠습니다.
　어떻게 보면 일종의 말장난 같기도 하고요.
　별것 아니라면 아닐 수도 있지만, 저는 이상하리만치 이 단어에
흥분하고 있었습니다. 그와 동시에 머릿속으로 영상이 주르르 흐
르기 시작했습니다.
　이 식당에서 일하는 사람들은 치매를 앓고 있는 사람들.
　주문을 받으러 와서, 나는 햄버그스테이크를 주문했는데, 정작
나온 것은 만두.
　하지만 이 식당은 애초부터 '주문을 틀린다'고 전제를 했기 때
문에 나는 화를 내지 않을 것입니다. 다른 메뉴가 나와도 싫어할
이유가 없습니다.
　아니, 오히려 엉뚱하게 만두가 나온 자체를 즐기고 있을지도 모

르겠습니다.

머릿속 영상은 여기까지였지만, 어쩌면 상상 이상으로 재미있을 것 같다는 생각이 직감적으로 들었습니다.

물론 이 식당 하나로 치매와 관련된 모든 문제들이 해결되는 것은 아닙니다.

하지만 실수를 받아들이고 또한 그 실수를 함께 즐기는 것, 그런 새로운 가치관이 이 식당을 통해 발신될 수 있다면……. 생각이 여기까지 미치자 나도 모르게 가슴이 설레고 두근거렸습니다.

그 설렘을 주체하지 못하고 2016년 11월, 본격적으로 함께 일할 사람들을 모으기 시작했습니다.

"'주문을 틀리는 요리점'이라는 기획을 하고 싶은데……" 하고 연신 홍보를 하며 돌아다닌 결과, 3개월 만에 와다 씨를 비롯해서 디자인과 홍보 전문가, 포털 사이트 담당자, 크라우드 펀딩 전문가, 방송국 기자와 잡지 편집자 그리고 외식 서비스 CEO 등 각 분야의 최고 전문가들이 뜻을 모아 주었습니다.

정말 순식간에 '주문을 틀리는 요리점 실행위원회'가 발족하게 된 겁니다.

나 혼자서 5년이 넘도록 준비했던 프로젝트가, 불과 반년 만에 거대한 움직임을 시작하게 되었습니다.

───── 그리고, 엄청난 반향이……

'주문을 틀리는 요리점'은 2017년 6월 3일과 4일 단 이틀, 도쿄 시내에 있는 좌석 수 열두 개의 작은 레스토랑을 빌려서 시험적으로 오픈하기로 했습니다.

'시험적'이라는 표현을 빌린 것은, 이러한 콘셉트의 요리점이 세상 사람들에게 통할지 어떨지 우선 지켜보고 싶었기 때문입니다.

그런 이유로 예산도 최대한 줄이기 위해 와다 씨의 간병 업계 동료들로 구성된 도우미 여러분의 도움을 받고, 간판이나 메뉴도 꼭 필요한 것만 최소한으로 제작했습니다. 홀에서 일할 스태프 역시 와다 씨의 간병 시설에 계시는 치매 노인들 중 성격이 온순하고 의욕적인 분으로 여섯 분을 추천받았습니다.

그리고 손님도 실행위원회 멤버의 친구와 지인 정도만 초대하는, 아주 소박한 프로젝트……였습니다만, 우리의 의도와 전혀 상관없이 엄청난 반향을 불러일으키고 말았습니다.

오픈 첫날인 6월 3일.

실행위원회 멤버이자 방송국 기자 겸 아나운서인 스즈키 미호 (鈴木美穂) 씨가 '주문을 틀리는 요리점' 오픈에 대해 올린 페이스북 글이 확산되기 시작했습니다.

이어서 별 생각 없이 들렀던 의학 전문기자 이치카와 마모루(市川衛) 씨의 기사가 일본 최대 포털 사이트인 야후 재팬(Yahoo! JAPAN)에 실리면서, 삽시간에 온 세상으로 퍼져나간 것입니다.

이틀째인 6월 4일. 초대 손님 중 한 명이자 사회공헌 프로젝트 미디어를 운영하는 NPO 법인의 대표, 구도 미즈호(工藤瑞穂) 씨가 자신의 트위터에 게시물을 올렸습니다.

이 내용이 순식간에 확산되면서, 그날 밤 야후 재팬 검색 순위 1위에 등극.

치매를 앓는 분들이 일하는 '주문을 틀리는 요리점'의 오픈 현장에 다녀왔습니다(^^).
준야 군은 할머니에게 햄버그스테이크를 주문했는데, 아주 맛있게 생긴 만두가 나와서 한바탕 웃었습니다.
_출처: 구도 미즈호 씨 트위터

평소 같으면 NHK 대하 드라마나 니혼TV 〈세계 끝까지 가자 Q〉 같은 인기 프로그램 관련 키워드가 높은 순위를 차지했을 텐데, 이날만큼은 생소하기 그지없는 '주문을 틀리는 요리점'이 1위를 놓치지 않더군요.

그리고 다음 날인 6월 5일부터는 각종 TV 방송국과 신문, 잡지사 등의 취재 의뢰가 쇄도하는 사태로 번졌습니다.

그 기세는 좀처럼 식을 줄 모른 채 급기야 중국, 한국, 싱가포르, 영국, 독일, 프랑스, 스페인, 노르웨이, 폴란드, 미국 등 세계 20개 국에 이르는 미디어들로부터 '주문을 틀리는 요리점'을 자국에 소개하고 싶다는 연락이 속속 들어왔습니다.

이렇게까지 되리라고는 정말이지 상상도 하지 못했습니다.

그때까지 십수 년 동안 방송 세계에 몸담으며 수많은 사람들을 취재하고 프로그램을 만들어 왔지만, 아이러니하게도 정작 내가 취재 대상이 되고 보니 당황스러워서 어쩔 줄 모를 수밖에요.

도무지 잦아들지 않는 취재 의뢰 메일들을 앞에 두고 "도대체 왜 이렇게 '주문을 틀리는 요리점'에 흥미를 갖는 거지……?" 머리만 싸매고 있을 뿐이었습니다.

하지만 어느 순간 문득 깨닫게 되었습니다.

'아아, 이 사진이 모두를 끌어당겼나!'

앞서 언급한 의학 전문기자, 이치카와 마모루 씨의 기사에 사용된 것이 오른쪽 페이지의 사진입니다.

이 사진에는 손님 테이블로 주문을 받으러 간 치매 환자 요시코 할머니의 모습이 담겨 있습니다.

그런데 이때 요시코 할머니는 '내가 여기 뭐하러 왔지……' 하고, 주문을 받으러 온 사실을 까맣게 잊어버리고 있었다고 합니다.

그러자 손님이 "주문 받으러 오신 거 아니세요?" 하고 거들었습니다.

그제야 요시코 할머니는 '어머나, 그랬구나' 하고 호호호 웃는 표정.

그 장난기 가득한 웃음에 이끌리듯 손님들 얼굴에도 웃음꽃이 함꽉 피어오릅니다.

사진이 자아내는 온화한 분위기와 가슴 따뜻한 스토리.

그것이야말로 '주문을 틀리는 요리점'이 꿈꾸는 세계, 그 자체였습니다.

깜빡 잊어버렸지만,

틀렸지만,

뭐 어때.

할머니의 미소에 모두의 얼굴에도 웃음꽃이 피어오른다

그렇게 말할 수 있는 것만으로, 그렇게 이해해 주는 것만으로, 그곳의 분위기는 한층 부드럽고 따스하게 변한다.

그 따스한 느낌이 세상 사람들을 끌어당겼는지도 모르겠습니다.

── 한마디로 뒤죽박죽!
하지만 손님은 마냥 즐겁다

가장 중요한 것을 아직 이야기하지 않았네요.

'주문을 틀리는 요리점' 안에서 어떤 일들이 일어나고 있는지 살짝 귀띔을 해드릴까 합니다.

한마디로 너무나 정신이 없고 자극적인 분위기입니다. 음악으로 비유하자면 완전히 록(Rock) 계통이랄까.

예를 들면 손님에게 물을 두 잔씩 가져다 드리는 일은 다반사. 샐러드에 스푼이 나가고 뜨거운 커피에 빨대를 내는 일도 종종 있습니다.

그리고 주문을 받을 때 내용을 틀리지 않도록, 고심 끝에 주문표도 제작했는데요.

메뉴는 유명 요식업 브랜드 세 곳에서 우리 요리점을 위해 특별히 개발해 준,

A 스페셜 당일 한정 피자

B 햄버그스테이크 우삼겹 스튜 정식

C 수제 새우 물만두 정식

이렇게 세 종류.

주문표에 주문받은 숫자만 적어 넣으면 OK인데, 할머니들이 그 주문표를 아예 손님들에게 건네고는 손님들이 직접 적게 하는 것이 아니겠습니까!

'아아, 그런 방법이 있었구나, 그렇게 하면 틀릴 일이 없겠네!' 무릎을 쳤습니다만, 결국 햄버그스테이크를 주문한 손님에게 떡하니 만두를 내놓고 맙니다.

테이블 번호도 한눈에 들어오도록, 번호가 적힌 팻말을 테이블 위에 얹어두었지만 전혀 아랑곳하지 않는 할머니들.

내 눈앞을 지나 그녀들은 너무도 당당히 전혀 다른 테이블로 배달을 나갑니다.

심지어 레스토랑 입구에 세워둔 '주문을 틀리는 요리점' 간판을 보고 '주문을 틀리다니 말도 안 되는 식당이네' 하고 껄껄 웃는 할머니까지 있습니다.

아니, 바로 할머니께서…… 입술을 깨물며 이 말을 삼켜버리는 나.

한마디로 말하자면 그야말로 뒤죽박죽입니다. 엉터리 식당입니다.

그런데도 신기하게 손님들 모두가 즐거워합니다.

주문을 받고 있나 싶으면 옛날이야기를 풀어내느라 삼매경에 빠진 할머니와 이야기꽃을 피우는 손님. 틀린 메뉴가 나오면 본인들이 알아서 메뉴를 바꾸어 먹는 손님들. 불평을 토로한다거나 화를 내는 이는 아무도 없습니다.

여기저기서 소통의 목소리가 퍼지며 종업원들의 실수를 척척 해결해 가는 모습들로 가득합니다.

덧붙여 만에 하나 불상사가 일어나지 않도록 그리고 치매 환자들의 불안감을 최대한 없애주기 위해, 와다 씨가 일하는 간병 시설의 상냥하고 유능한 매니저 일곱 분이 식당에 상시 대기해 주셨습니다.

뿐만 아니라, 장소를 제공해 준 레스토랑 측의 배려로 누워서
쉴 수 있는 휴게실도 마련.

만반의 준비를 마친 후 영업을 시작했고, 함께 일해 주시는 치
매 환자들께는 하루 3천 엔의 사례비도 지급해 드렸습니다.

—— '꼭 다시 오고 싶어요!'

이렇게 해서 단 이틀뿐인 임시 오픈 행사가 무사히 끝나긴 했는
데, 성과는 우리의 상상을 훨씬 뛰어넘었습니다.

손님들에게 설문을 부탁해 결과를 확인해 보니, 60퍼센트 이상
의 테이블에서 주문 착오가 있었다는 것을 알았습니다.

하지만 그렇다고 해서 화를 내거나 불쾌감을 표시하는 분은 한
사람도 없었고, 오히려 90퍼센트가 "꼭 다시 오고 싶어요"라는 응
답을 해 주셨습니다.

'주문을 틀리는 요리점'에 관한 이야기는 사회복지에 있어 단연
선진국이라 할 수 있는 노르웨이에까지 퍼져, 이런 기사까지 나오
게 되었습니다.

'일본의 이 프로젝트는 중요한 점을 시사하고 있다. 바로 주변에서 받아들이고 이해하는 노력이 있다면, 치매 환자도 얼마든지 사회생활을 할 수 있다는 것이다. 주목할 것은 치매 환자를 과소평가하지 않음으로써 많은 사람들이 다양한 방법으로 사회에 공헌할 수 있다는 가능성을 보여준 점이다.

치매 환자를 대할 때 아주 조금만 더 시간을 두고 이해하려는 관용과 배려만 있다면 우리 사회는 소중한 무언가를 얻게 될 것이다.

그들도 저마다 개성을 갖고 있다. 그 한 사람 한 사람을, 개인으로 이해하는 것이 중요하다'

_노르웨이 공중보건협회 사무국장 Lisbet Rugtvedt 씨

단 이틀 동안 도쿄의 외곽에서 조용히 문을 열었던 '주문을 틀리는 요리점' 스토리는, 세대를 넘고 국경을 넘어 온 세계로 퍼져나갔습니다.

이 요상한 이름의 음식점이 수많은 사람들의 마음에 남겨준 '소중한 이야기' 그리고 앞으로 꽃피워 낼 '새로운 이야기'를 지금부터 조금씩 들려드리려고 합니다.

'주문을 틀리는 요리점'에 어서 오세요!

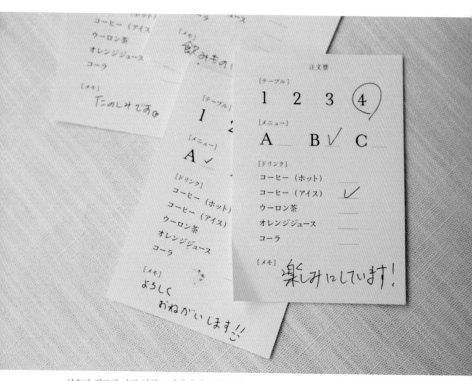

실수가 적도록 나름 엄청 고민해서 만든 주문표

오늘의 메뉴는 모두 세 가지

메뉴판을 보여주고, 주문표까지 건네버렸다!

쫀득한 반죽에 신선한 해산물 토핑을 듬뿍 얹은 피자

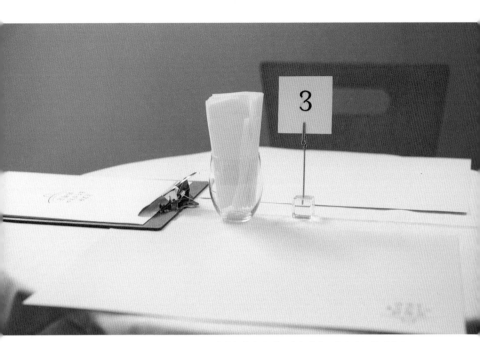

테이블 위에 둔 번호판을 아랑곳하지 않는 할머니들

수제 햄버그스테이크에 우삼겹을 올린, 먹음직스러운 그릴 요리

쫀득한 만두피 속에 큼직한 새우가 들어있는 물만두

어서 오세요! '주문을 틀리는 요리점'에

제**1**부

요리점에서
생긴 일

제1부 스토리 1, 3, 4, 6, 7, 8, 9는 치매 환자들이 홀 서빙 스태프로 일할 수 있도록 도와준 간병 시설 직원들의 인터뷰를 바탕으로 구성한 내용입니다. 일부 가명을 포함하고 있습니다.

요시코 씨의 이야기
아직 일할 수 있는데

●

from. 복지팀 서포터

'주문을 틀리는 요리점'의 영업시간은 11시부터 15시까지, 단
네 시간.

다른 레스토랑과 비교하면 짧은 편인데다 우리 간병 시설 직원
들도 서포터로서 지원하고 있다지만, 치매를 앓고 있는 분들에게
는 결코 쉬운 일이 아니다.

사람마다 다르지만 대개 치매는 증상이 진행될수록 쉽게 피곤
을 느끼게 된다.

예를 들어 보통 '1 더하기 1은?' 하고 질문받으면 곧바로 '2'라
고 대답할 수 있다. 하지만 치매 상태가 되면 머릿속으로는 '당연

히 2지'라고 떠오르는데 금방 입에서 나오지 않는다거나, 아예 아무런 생각이 나지 않는 것이다.

당연히 알고 있어야 할 것을 모르고 있으니, 평소에는 쓰지 않아도 될 신경을 써야 할 일이 생긴다.

그러다 보면 계산을 할 때도 긴장하게 되고, 몸과 마음의 피로감도 심해진다.

그래서 '주문을 틀리는 요리점'에서는 부담을 주지 않도록 교대 근무를 원칙으로 했다. 그럼에도 불구하고, 낯선 장소에서 처음 보는 사람들과 이야기를 하는 자체가 매우 피곤하고 스트레스 쌓이는 일이라는 건 쉽게 상상할 수 있으리라.

그런데 놀랍게도 요시코 할머니는 하루 네 시간씩, 이틀을 연달아 쉬지 않고 일을 했다.

"안 피곤하세요? 조금 쉬어도 돼요."

하고 말을 걸면,

"이 정도에 피곤하면 어떻게 일을 해. 나는 전직 미용사라 서서 하는 일에는 익숙해져 있으니 걱정 말아요." 오히려 말을 건 사람에게 핀잔을 주는 것이었다.

요시코 씨는 규슈가 고향인 74세의 할머니.

고향에서 오랫동안 미용사를 했다는 이야기는 전부터 본인 입을 통해 들어서 알고 있다. 게다가 솜씨와 센스를 익히기 위해 교토와 도쿄로 진출했을 만큼, 추진력 있고 자립적인 여성이었던 것 같다.

도내의 유명 예식장에서 일할 때는 하루에도 몇 건씩 신부 머리 단장하는 일이 들어왔을 정도였다고 자랑을 늘어놓기도 했다.

"신부한테는 일생에 한 번뿐인 결혼이잖우. 긴장도 되고 힘도 들었지만 나는 그 일이 참 좋았어. 너무 예쁘다고 좋아하는 신부를 볼 때면 보람도 느끼고."

자부심과 보람으로 일을 해 온 그녀였다.

그래서 '주문을 틀리는 요리점' 이야기를 듣는 순간, 그녀의 얼굴이 퍼뜩 떠올랐다.

오픈 당일, 요시코 씨의 몸놀림에 모두의 눈이 휘둥그레해졌다. 서비스업 경험이 있는 만큼 언어 표현도 정중하고 손님 대응에도 품격이 넘치는, 아주 익숙한 몸놀림이었다.

물론 실수가 없을 수는 없었다.

테이블 번호를 착각하거나, 물을 두 번씩 가져다주는 일들이 자꾸 일어났다.

다만 요시코 씨에게 중요했던 것은 실수를 하느냐 마느냐가 아니라 '일을 할 수 있다'는 사실 그 자체였으리라.

치매라는 진단을 받고 나서 일을 그만 두고, 그룹 홈(사회생활에 적응하기 힘든 청소년, 노인 등이 공동으로 생활하는 소규모 시설)이라는 틀 안에서 지내게 된 이후에도 요시코 할머니의 가슴 한 켠에는 '일을 하고 싶다'는 생각이 연신 넘치고 있었을지도 모른다.

그때까지 인생을 긴장감과 성실함으로 채우며 일을 해 왔던 그녀로서는, 더 이상 사람들을 위해 일할 수 없다는 사실을 인정하기가 어려웠으리라.

'나는 아직 일할 수 있는데.'

그런 요시코 씨의 의지가 '주문을 틀리는 요리점'에서 일을 하면서 다시 채워진 것처럼 느껴졌다.

자신이 가득 채워졌을 때는 상대에 대해 너그러워진다.

요시코 할머니는 '주문을 틀리는 요리점'에서 일한 경험을 통해, '아직은 나도 누군가에게 도움이 될 수 있다'는 사실을 깨닫고 마음에 여유가 생긴 것처럼 보였다.

그런데 실로 깜짝 놀랄 만한 변화도 있었다.

요시코 씨는 치매라고는 해도 그리 깊이 진행된 상태가 아니라, 아직은 정신이 밝은 편이다. 그동안도 가끔씩 혼자 도서관으로 가서 책을 빌리기도 했단다.

하지만 혼자서 가는 것은 아니다.

"요시코 씨 벌써 나갔어요?"

"지금 나가셨어요. 뒷일은 잘 부탁해요."

"알겠습니다. 다녀올게요."

그랬다. 반드시 시설 직원이 함께했다.

하지만 정작 요시코 자신은 그 사실을 몰랐다.

물론 외출을 할 때는 늘 사전에 이야기를 하기 때문에 혼자서 마음대로 나가 버릴 염려는 하지 않아도 된다.

그런데 '주문을 틀리는 요리점'에서 일을 하고 난 후의 어느 날,

"잠깐만, 요시코 할머니 말이야. 지금 어디 외출하는 것 같은데?"

작은 소리로 중얼거리며 직원이 허둥지둥 달려왔다.

"외출 예정 있었나?"

"아뇨, 없었어요!"

누구도 그런 이야기를 듣지 못했다.

항상 외출을 하던 시간보다 조금 이른 시간인 것도 마음에 걸

린다.

하지만 현관에서 홀연히 밖으로 나가버리는 뒷모습은 분명히 그녀였다. 말도 없이 시설을 벗어났던 적은 없어 모두들 방심하고 있던 터라, 완전한 무방비 상태에서 닥친 요시코 씨의 무단 외출은 말 그대로 혼란 그 자체였다.

"누구, 시간 되는 사람 있어?"

"제가 갔다 올게요. 여기 일 좀 부탁해요!"

나머지 일을 다른 사람에게 맡기고 서둘러 요시코 씨의 뒤를 쫓았다.

노인 걸음이라 다행히 그렇게 멀리 가지는 못했을 터다.

곧바로 뒤따라가 저만치 먼 거리에서 요시코 씨를 관찰하고 있자니, 그녀는 근처 편의점으로 들어가 무언가를 사려고 하는 것 같았다.

'그렇게 급하게 살 물건이 있었나.'

계속 지켜본 결과, 그녀의 손에 들린 것은 다름 아닌 과자와 잡지였다.

카운터 앞에서 요시코 씨는 아주 조심스럽게 봉투를 열고 그 안에서 돈을 꺼내 접시 위에 두었다.

'어? 혹시 지난번 사례금?'

'주문을 틀리는 요리점'에서 일한 사례로 받은 돈을 들고, 요시코 씨는 편의점으로 달려온 것이다.

봉투 안에 들어있는 돈이 자신이 오랜만에 일을 해서 번 대가라는 것을, 어렴풋이나마 알고 있던 모양이다.

내가 일해서 번 돈으로 맛있는 과자와 읽을거리를 살 수 있다. 그 사실이 그녀에게는 너무도 소중하고 행복한 일이었는지도 모른다.

나는 멀찌감치 떨어져서 그녀를 지켜보았다.

이상하게도 가슴이 뭉클해져서 말이 나오질 않았다.

물건을 사는 요시코 할머니의 모습이, 마치 '나'라는 존재를 확인하기 위한 의식을 거행하고 있는 것처럼 느껴졌다.

story 2

미카와 씨 부부의 이야기 ①
레스토랑에서 둘만의 연주회를

•

from. 미카와 가즈오

"여기가 당일 행사장입니다."

'주문을 틀리는 요리점' 오픈 전, 우리 부부는 이틀 동안 영업 장소가 될 레스토랑으로 안내를 받았다.

그리고 그곳에 있던 피아노 한 대가 우리의 일상을 극적으로 바꾸어 버렸다.

아내에게 청년성 치매의 징후가 나타난 것은 6년 전. 나보다 일곱 살 아래인 그녀는 당시 56세였다.

그날 내가 수학을 가르치던 학교의 동료 교사가 퇴직하기도 하고, 크리스마스도 다가오고 해서 다같이 학교 식당에 모여 파티를 열기로 했다.

"미카와 선생님, 파티 때 사모님과 연주회 한번 하시지요?"

"아, 물론 기꺼이 해야지요."

나는 첼로 연주가 취미로, 대학교 시절부터 배운 지 벌써 50년이 되어 간다.

아내 역시 어릴 때부터 피아노를 배웠고 줄곧 집에서 피아노 교실을 운영해 왔던 터였다. 우리 부부는 자택 홀에서 무려 서른네 번이나 미니 콘서트를 열었던 경험 덕에, 사람 앞에 서는 일에는 익숙해져 있었다.

파티에서 연주할 〈사랑의 인사〉는 이미 완벽하게 숙지가 되었기에, 아무 문제없이 훌륭하게 쳐낼 수 있었다. 연주가 끝나갈 즈음, 우렁찬 박수와 함께 누군가 '앙코르' 하고 외쳤다.

"이왕 이렇게 된 거, 한 곡 더 해볼까? 늘 연주했던 〈꿈을 꾼 후에〉 어때?"

"그래요, 그 곡으로 해요."

갑작스러웠지만, 우리 부부가 늘 연주했던 곡을 선택해 앙코르 제의에 화답할 생각이었다. 그런데 막상 연주를 시작하자 아내가 자꾸만 틀린다.

'왜 그러지? 컨디션이 안 좋은가.'

조금 의아해하면서도 심각하게 생각하지는 않았다.

하지만 그때 눈치를 챘어야만 했다. 아내는 이미 악보를 읽을 수조차 없을 정도로 증상이 악화되어 있었던 것이다. 자신에게 닥친 이 불행 앞에 아내는 이내 풀이 죽어버렸다.

늘 곁에 있던 딸아이도 엄마의 변화를 직감했던 모양이다.

이상하다고 여긴 아내가 즉시 병원으로 달려갔지만, "특별한 이상은 없습니다"라는 말만 듣고 돌아왔다.

아무래도 심상치 않다는 생각에 아내가 다시 병원을 찾은 것은 그 후로 2년이 지나서였다.

"알츠하이머예요. 2년 전이면 상당히 진행되었을 겁니다."

의사의 통보를, 아내는 "뭐야, 그게!"라고 불퉁거리며 내게 전해주었다.

머릿속이 충격과 불안으로 뒤섞인 그녀는 극도의 분노로 치닫고 있는 것 같았다.

아내의 뇌는 좌측 두정엽(頭頂葉)이 위축되어 있었고, 그 영향으로 형상을 인식하는 능력이 현저하게 떨어져 버렸던 것이다.

사물의 형태와 공간 인식 자체가 거의 불가능한 상태였다.

예를 들어, 비교적 넓은 공간에 자기 자전거를 세우는 일조차
아내에게는 버거웠다.

신발장에 신발을 넣는다거나 서류에 도장을 찍는 일도 어려워
한다.

당연히 피아노 연주도 힘들어졌다.

같은 색, 같은 모양이 길게 늘어서 있는 피아노 건반을 인식할
수가 없는 것이다.

'도' 건반이 어디에 있는지도 모른다. 다만 귀가 기억하고 있기
때문에, 건반을 눌러가며 음을 찾아서 치는 정도는 가능했다.

아내의 상황을 알게 된 나는, 그 길로 알고 지내던 뇌신경외과
의사를 찾아가 상담을 받은 후 전문의를 소개받았다. 평소에 우리
와 친분이 있기도 하고 성품도 좋은 분이었기에, 안심하고 신세를
지기로 했다.

그런데 진찰이 끝나자,

"꽤나 진행되어 있네요."

아내 앞에서 선생은 그렇게 말을 했다.

그날 아내의 충격은 이루 말로 할 수가 없었다. 그리고 하루가
다르게 심각한 우울증 상태로 빠져들었다.

아내는 원래 밝고 건강한 사람이다. 결혼 이래 그렇게까지 기가 죽어 있는 그녀를 나는 한 번도 본 적이 없다.

아내의 변화만큼이나 나 역시도 무얼 어떻게 해야 할지 몰라 당혹스러워하고 있었다.

'이대로는 안 돼!'

그때까지 다니던 병원은 너무 멀어서, 일단 아내를 집 근처에 있는 병원으로 옮기도록 했다.

그것만으로도 아내는 훨씬 마음이 편히 가지는 듯했다.

잠시 숨을 돌리고 있던 어느 날,

"사모님, 괜찮으시면 일을 좀 해 보시겠어요?"

청년성 치매 환자의 교류회인 '작은 여행 모임(ちいたび會)' 멤버 한 분이 권유를 해 왔다.

"우리 집사람이 일을 할 수 있을까요?"

아내는 치매 환자다. 일상생활에서도 점점 할 수 없는 일들이 늘어나고 있다. 그런 사람이 일을 할 수 있느냐며 놀라는 나에게,

"아무 문제 없습니다. 사모님처럼 치매를 앓고 있는 분들이 계시는 간병 시설이거든요. 직원 모두 치매에 대한 이해도가 깊어서 아주 잘 대해 주실 거예요"라고 그는 말했다.

그 시설은 집에서 자전거로 20분 정도 거리에 있고, 무엇보다 쭉 직진으로 가기만 하면 되는 곳이었다.

아내는 피아노를 가르치는 일 외에는 회사에 다닌 적도, 아르바이트를 한 적도 없다.

하지만 오히려 좋은 계기가 될 수도 있다는 생각에 쾌히 그렇게 하기로 결정을 했다.

10시에서 14시까지, 점심 때 한 시간 휴식시간을 준다고 하면 하루 세 시간짜리 직장이었다. 하는 일은 주로 청소와 정원에 물 주기, 쓰레기 버리는 일 정도.

아내는 생각보다 일을 즐거워했다.

'요즘 많이 밝아졌어.' 나도 내심 기뻤다.

그러던 어느 날, 아내 직장에서 연락이 왔다.

"오늘 사모님이 과호흡 증상을 일으켜서……."

서둘러 일을 마무리하고 달려갔다.

아내의 상태는 진정되었지만 상당히 지쳐있다는 것을 한눈에도 알 수 있었다.

"남자들이 점심 준비도 전혀 도와주지 않고, 잘 먹었다는 인사도 하지 않고, 뒷정리도 안 하지 뭐예요. 우리 집에는 그런 사람 없잖아요. 갑자기 너무 화가 나서 소리를 좀 질렀더니 숨이 막혀 버리더라고요."

그날 이후 아내는 감정이 격앙되거나 무언가 이해할 수 없는 상황이 되면 과호흡 증상을 보이게 되었다. 일도 제대로 할 수 없어서 오전 근무만 하기로 하고…….

그즈음부터 아내는 다시 정신적으로 극도의 불안 상태를 보이게 되었다.

아내의 직장 매니저에게서 '주문을 틀리는 요리점' 이야기를 들은 것은 바로 그 무렵이었다.

"치매 환자들이 홀 서빙을 하는 겁니다. 실수를 하셔도 괜찮아요. 음식점 자체가 그런 콘셉트니까. 한번 해 보실래요?"

이야기를 듣고 있던 아내는 "해도 될 것 같아요"라고 말했다. 하지만 막상 본격적으로 일이 진행되자 내심 겁이 나기 시작한 모양이다.

"그릇을 떨어뜨려서 깨뜨리기라도 하면 어쩌죠?"

"괜찮다고 했잖아. 떨어뜨려도 괜찮아."

"그래도 사람들한테 폐를 끼치기라도 하면. 더구나 나는 서빙 같은 건 해 본 적도 없고."

"나도 당신과 같이 있을 거니까 걱정하지 않아도 돼."

몇 번이고 다독이고 격려했지만, 아내의 걱정은 끝이 없는 것 같았다.

불안감으로 아내가 머리를 감싸 쥐고 있을 즈음, 우리 부부는 '주문을 틀리는 요리점'의 무대가 될 레스토랑으로 안내를 받게 되었다.

그리고 그곳에 놓여 있는 한 대의 피아노를 보고 내 머릿속에 무언가 아이디어가 떠올랐다.

집으로 돌아온 나는 아내에게 제안을 했다.

"아까 보니까 식당에 피아노가 있던데. 거기서 연주 한번 해 보지 않겠소?"

순간 아내의 눈이 반짝 빛났다.

"혹시 그래도 된다면, 나야 좋지요."

"레스토랑에서 피아노를 쳐도 될까요?"

시설 담당자에게 상담하자 뜻밖의 대답이 돌아왔다.

"정말이세요? 안 그래도 사실 미카와 선생님께 피아노 연주를 부탁드릴까 생각 중이었거든요."

그는 서둘러 '주문을 틀리는 요리점' 실행위원에게 연락을 했고, 너무도 기가 막힌 타이밍으로 아내의 피아노 연주가 결정되었다.

문제는 그날이 바로 사흘 후라는 사실.

우리 둘은 지체할 틈도 없이 연습에 돌입했다.

집사람은 치매를 앓게 된 이후로도 계속해서 피아노 앞에 앉아 왔다.

긴 시간 피아노를 치는 것이 일상이었던 탓일까. 습관은 변하지 않는 모양이다.

틀리기도 하고 중간에 움찔 멈춰버리기도 했지만 옆에서 나의 도움을 받아 가며 꾸준히 피아노를 쳐 왔다.

사실 '주문을 틀리는 요리점' 연주 이야기가 나오기 몇 년 전인가, '작은 여행 모임' 교류회에서도 연주를 한 적이 있었다.

한 곡을 끝까지 연주하지는 못하고 중간에서 포기하기는 했지만, 오랜만에 사람들 앞에서 연주할 기회를 얻은 아내는 매우 기뻐했다. 나 역시 '언제라도 기회가 생기면' 하고 늘 생각하고 있던 참이었다.

오픈 전날, 우리 부부는 한 번 더 레스토랑을 찾았다. 실제 무대에서 연습을 한번 해 보고 싶었기 때문이다.

피아노 건반을 두드리고 첼로를 켜자, 소리가 기분 좋게 울려 왔다.

"울림이 좋네."

"네, 피아노 소리도 좋아요."

"잘할 수 있을 거야."

"파이팅해요, 우리."

이렇게 해서 우리 부부는 기대와 불안을 가슴에 안은 채 '주문을 틀리는 요리점'의 오픈을 맞이하게 된 것이다.

(story 10에 계속)

story 3

미도리 씨의 이야기

뭐? 무슨 말이야?

●

from. 복지팀 서포터

현재 여든한 살인 미도리 할머니는 결혼 전까지 대기업에서 비서 일을 하고 있었다.

수려한 외모에 성격도 쾌활하고 사교적이어서, 그룹 홈에 막 들어왔을 당시에는 그곳 직원으로 착각을 했을 정도였다.

지금은 치매가 상당히 진행되어 바로 어제 일도 기억을 못하지만, 그런 미도리 할머니가 늘 입버릇처럼 반복하던 말이 있다.

"다시 한번 일을 하고 싶어."

항상 그렇게 말했던 것을 직원들 모두 알고 있었다.

워낙 활동적인 분이라, 치매 증상이 나타나기 전까지는 그 연세에도 불구하고 혼자 자동차로 드라이브를 즐길 정도였다고, 가족들이 말해 주었다.

스스로 즐거움을 찾고 행동할 줄 아는 사람.

나는 미도리 할머니에게서 그런 인상을 가지고 있었다.

그래서 '주문을 틀리는 요리점' 이야기를 들었을 때 제일 먼저 이 분이 떠올랐다. 다만 체력적인 부분이나 치매 진행 정도로 볼 때, 장시간 일하시는 건 무리라는 판단이 들었다.

하지만 항상 '다시 한번 일을 하고 싶어'라고 말씀하시던 미도리 할머니에게 일할 수 있는 장소를 꼭 만들어 주고 싶었다.

'주문을 틀리는 요리점'이 오픈하고, 그곳에서 일을 하게 된 미도리 할머니. 처음 한 시간 정도는 즐거워 보였지만, 이후부터는 유난히 피곤해 했고 결국 휴게실에 이불을 깔고 기진맥진 쓰러져 버렸다.

체력뿐 아니라 기분까지 완전히 바닥을 보이는 것 같았다.

"미도리 할머니, 애쓰셨어요. 오늘은 이만 돌아가시는 게 좋을 것 같아요."

말을 건네자 할머니는 기다렸다는 듯 고개를 끄덕였고, 다른 분보다 빨리 퇴근을 했다.

첫날 영업을 마치고, 모두가 그룹 홈으로 돌아왔을 때였다.

2층 베란다에 미도리 할머니의 모습이 보였다.

조금 쉬고 나면 언제 그랬냐는 듯 기력을 회복하고 쾌활해지는 것이 그녀의 장점.

그때도 역시 기운을 되찾고 빨래를 널고 있었다.

"미도리 할머니."

아래에서 올려다보며 부르자, 나를 내려다보며 만면에 미소를 띤 채 손을 흔들어 보인다.

"할머니, 오늘 너무 고마웠어요!"

나도 손을 흔들며 인사를 건넸다. 그러자 할머니는 여전히 미소 띤 얼굴로,

"뭐? 무슨 말이야?'

미도리 할머니는 자신이 '주문을 틀리는 요리점'에서 일했다는 것을 이미 까마득하게 잊어버리고 있었던 것이다.

하지만 그건 중요하지 않다.

이것이 우리의, 그리고 미도리 할머니의 일상이기 때문이다.

그때 나는 미도리 할머니가 보여 주었던 함박웃음에 그저 빠져 들어 버렸을 뿐이다.

어쩌면 그녀로서는, 크나큰 부담이었을지도 모른다.

레스토랑에서 너무도 지쳐있던 모습을 보고, 우리 직원들 역시 하나같이 깊은 후회를 했을 정도니까.

'주문을 틀리는 요리점'은 실수를 용납해 주는 안전하고 행복한 곳이다.

하지만 어쨌든 손님에게 돈을 받는 식당이고, 그곳에서 일하는 이상 어떤 증상을 가지더라도 상관없다고 누구도 단정지어 말할 수는 없는 노릇이다.

그런 면에서 이번 일은 미도리 할머니에게 너무 버겁고 어려운 미션이 아니었을까.

그 생각이 떠나질 않는다.

하지만 미도리 할머니의 웃는 얼굴이 우리의 우울한 마음을 훨훨 날려주었다.

비록 그녀는 깡그리 잊어버렸지만, 누구보다 행복한 표정을 하고 있었기 때문이다.

그 미소가 모든 것을 말해주고 있는 것만 같았다.

story 4

에미코 씨의 이야기
배가 너무 고파요

•

from. 복지팀 서포터

에미코 할머니는 여든 살이다.

손님에게 방긋 웃으며 말을 건네는 그녀는 발걸음이 닿는 곳마다 연신 웃음꽃을 피워내는 재주가 있다. 사람을 좋아하고 또 사람들을 위해 무언가 해 주기를 마다하지 않는다.

에미코 할머니는 그런 사람이다. 그렇기 때문에 손님과 이야기꽃을 피우느라 정작 주문을 까먹는 일도 종종 있다. 마음씨가 따뜻하고 붙임성도 좋아서 순식간에 '주문을 틀리는 요리점'의 인기 스타로 떠올랐다.

"같이 사진 좀 찍어 주세요!"

연신 손님들의 부탁이 이어져도, 싫은 내색 한 번 없이 웃는 얼굴로 카메라를 향하는 에미코 할머니.

정말 즐겁고 행복한 듯 생기 넘치는 모습이었다.

일을 시작하고 얼마쯤 시간이 흘렀을까. 우리는 갑자기 그녀의 얼굴에서 웃음기가 사라지고 허둥지둥거리는 것을 알아차렸다.

"어머, 에미코 할머니 배고프신 것 아니야?"

"그런 것 같은데……."

"아, 실수다!"

그건, 명백히 우리 실행위원들의 실수였다.

누구라도 배가 고프면 불쾌하다.

허기가 지면 갓난아이도 울어 젖히고, 점잖은 어른이라도 안절부절못한다.

보통 사람 같으면 '배가 조금 고픈데 일단 참아 보자' 하고 정신을 차리려 하겠지만, 이렇게 기본적인 이성의 작용조차 쇠퇴해 버리는 것이 치매의 한 증상이다.

그 외에도 너무 덥거나 너무 춥다거나, 무언가 조금이라도 불쾌한 느낌이 들면 갑자기 허둥지둥, 기분은 급격히 가라앉고 불편한 심기가 그대로 얼굴에 드러나는 것이다.

'주문을 틀리는 요리점' 오픈 당일, 우리 직원들은 아침부터 정신이 없었다.

레스토랑 오픈 시간은 정해져 있다.

'빨리 출발하지 않으면 오픈 시간을 맞추지 못해!'

서둘러 출발했지만 거리는 이미 차로 가득.

'큰일이다! 오픈 시간 늦겠어!'

'지각이다!'

머릿속이 하얘져 버렸다.

'저분들, 뭐라도 좀 요기를 해야 할 텐데' 하는 걱정은 있었다.

하지만 과자나 빵 같은 것을 준비할 시간적 여유도 없어서 유야무야 뒤로 미루어 버린 것이다.

레스토랑에 도착해서도 우리가 이곳에 온 이유를 설명하고 문열 준비를 하느라 정신이 팔려 식사는 엄두도 내지 못했다.

우리는 아무것도 먹지 못하고 준비조차 제대로 되지 않은 에미코 할머니를 홀로 내보낼 수밖에 없었던 것이다.

"에미코 할머니, 좀 쉴래요?"

말을 걸었을 때는 이미 불쾌감이 최고조에 달한 후였다. 휴게실에서 잠시 쉬고 있다가 드디어 피자가 나온 순간,

'우걱 우걱 우걱'

에미코 할머니는 한 치의 망설임도 없이 손을 뻗더니, 마치 전쟁이라도 치르는 것 같은 표정으로 순식간에 접시를 비워버리고 말았다.

빈속이 채워지자 그녀는 예의 평온한 모습을 되찾았다.

하지만 그즈음에는 이미 '주문을 틀리는 요리점' 폐점 시간이 다가와 있었다.

우리가 조금만 더 신경을 썼더라면 에미코 할머니는 더 많은 손님들을 미소로 맞이할 수 있었을 것이다.

그 점이 계속 마음에 남았다.

"에미코 할머니, 어제는 정말 애쓰셨어요. 굉장히 인기 많던데요."

영업 이틀째, 에미코 씨에게 말을 걸자 그녀가 멍하니 나를 바라보았다.

'아아, 잊어버리셨구나. 맞아, 맞아.'

치매 환자들과 있다 보면 종종 겪는 흔한 상황 중 하나다. 더 일을 하고 싶은지 어떤지 에미코 할머니의 의중을 확인할 방법은 이제 없다. 유감스럽게도……

하지만 나는 그날의 에미코 할머니를 기억하고 있다.

정말 즐거워보였어요.

사람들과 함께 환하게 웃고 계셨죠.

정말 다행이에요.

다음에는 더 맛있는 음식 많이 드시게 해 드릴 테니 함께 일해요, 우리.

story 5

손님들의 이야기 ①

어디까지가 콘셉트인 거지?

●

from. 우치다 지카(배우)

"'주문을 틀리는 요리점'에 가보지 않을래?"

친구 나오가 그렇게 말했을 때, 작가 미야자와 겐지의 극렬 팬이었던 나는

"그 『주문이 많은 요리점』 패러디 기획 식당? 완전 재미있을 것 같아!"라며 자세한 것은 묻지도 않고 승낙해버렸다.

그녀가 가진 정보 역시, 평소 알고 지내던 PD가 기획한 기간 한정의 특별한 레스토랑이라는 것뿐.

어떤 곳일까. 살짝 조사를 해보았지만 자세히 알 수는 없었다.

'뭐, 모르고 가보는 것도 즐거움이지!'

약속 당일을 설레는 가슴으로 기다리고 있었다.

'주문을 틀리는 요리점' 오픈 첫날.

나오와 역에서 만나기로 했다. 평소처럼 수다를 떨면서 10분 정도 걸었을까, 어느새 식당 앞에 도착했다. 나오와는 20년 가까이 알고 지낸 사이인데, 만날 때마다 '아, 시간이 모자라!' 하고 안타까워할 정도로 매번 대화의 끝이 보이지 않는 친구다.

레스토랑은 화이트 톤의 멋진 외관이었고, 가게 이름을 적은 간판에서 'まちがえる(틀리는)'의 'る' 자를 옆으로 뉘어 놓은 것이 센스 만점! 가슴이 더욱 두근거린다.

가게 안으로 들어가자,

'어서 오세요~' 하고 직원들이 따뜻하게 맞이해주었다. 청결한 느낌의 가게 안에 흐르는 온화한 분위기 덕분일까, 신기하리만치 마음이 편안해졌다.

'직원들이 모두 생긋생긋 웃고 있어서 그런가?' 생각하는 찰나,

"어서 오세요. 두 분이 오늘의 첫 손님입니다."

밝고 부드러운 음성이 들려왔다.

"아, 오구니 씨. 축하해요."

나오는 오구니 씨에게 나를 소개하면서 준비해 간 선물을 건넸다.

피아노 옆 테이블로 안내를 받고 두근거리는 심정으로 자리에 앉았다.

물을 가져다주고 주문을 받는 직원은 고령인 분들이 많은 것 같다.

'지역밀착형 기획이니까, 역시 근처에 사시는 노인 분들이 자원봉사하러 온 건가?'

밝고 상냥한 분위기의 직원들이 왔다갔다 하면서 말을 걸어 주기도 하고 미소를 건네주는 덕분인지, 내 얼굴에도 저절로 미소가 번진다.

수시로 물컵을 채워주는 모습에 문득 어머니 생각이 나기도 하고, 직원들끼리 다정하게 이야기를 주고받는 모습을 바라보며

'서로 저렇게 다정하게 대하는 걸 보니 정말 여기 분위기 좋네' 하고 묘하게 납득하기도 했다.

드디어 주문한 요리가 도착했다.

먼저 테이블 위에 올라온 것은 나오가 주문한 물만두. 탱탱해 보이는 것이 정말 맛있겠다!

'내가 주문한 피자도 분명 맛있을 거야……!'

한껏 기대에 부풀어있는 내 앞으로, 영문 모를 햄버그스테이크
가 도착.

'어라?'

나도 모르게 소리가 흘러나왔고, 음식을 가져온 직원도

"어?"

나오도,

"어머?"

주변에 있던 다른 직원도,

"어?"

서로 얼굴이 마주치자 누가 먼저랄 것도 없이 한바탕 웃음이
터졌다.

"○○ 씨, 햄버그스테이크는 저쪽이에요."

그러자 그분은,

"아, 그렇지!"

화기애애한 분위기 속에서 햄버그스테이크는 주인을 찾아 다
른 테이블로 향했다.

이윽고 나의 테이블에 피자가 도착했다.

"후후, 직원 분이 착각하셨나 보네요."

웃으며 먹음직스러운 피자를 받아들었다.

'이게 대체 어디까지가 콘셉트인거지?'

생각하고 있는데, 나오의 어깨 너머로 가게 안에 걸린 패널의 글이 눈에 들어왔다.

저희 홀에서 일하고 있는 종업원은,

모두 치매를 앓고 있는 분들입니다.

가끔 실수를 할 수도 있다는 점을

부디 이해해 주시기 바랍니다.

'아, 그랬구나!'

주문을 받고 음식을 내오는 직원들이 모두 치매를 앓고 있는 분들이라는 것을, 그제야 알았다.

"그렇구나. 정말 멋진 기획이네."

"응! 정말 순수하고 멋지다."

(story 12에 계속)

story 6

히데코 씨의 이야기
깜빡해버린 돈
●

from. 복지팀 서포터

여든두 살의 히데코 할머니가 치매 진단을 받은 지 벌써 7, 8년
이 되어간다.

평상시에는 가족과 함께 지내고 있기 때문에, 간병 시설(소규모
기능형 재택 간병)에서는 '통원 서비스'를 이용하거나 '숙박 서비스'
로 단기간 머무는 정도다.

히데코 할머니는 원래 에테가미(絵手紙, 손그림을 곁들인 편지) 선
생님이었다고 한다.

지금도 기억나는 것이 있다. 히데코 할머니가 처음 통원 치료
를 다니고 있을 때, 그곳에서 알게 된 사람들 앞에서 자못 선생님

같은 말투로,

"이런, 그 선은 아니에요."

"자, 이렇게 써보세요."

하며 그림 편지 쓰는 법을 가르치기 시작하던 모습이다.

평소에는 조용하고 사랑스러운 느낌의 할머니인데, 선생님 모드로 돌입하자 갑자기 엄전해지는 것이 재미를 넘어 감탄스럽기까지 했다.

선생님 경력 덕분일까, 히데코 할머니는 주변 사람을 아주 잘 챙기는 사람이다. 손끝도 야무지고 살림 솜씨도 아주 좋다.

우리 간병 시설에서는 이용자들과 함께 점심 식사를 준비하는데, 히데코 할머니는 그럴 때 큰 도움이 된다.

무엇보다 할머니 자신이 다른 사람들보다 더 많은 일을 하고, 따라서 부담도 많다고 느끼는 탓인지,

"왜 나만 해야 해!"

"다른 사람도 더 해야지!"

"저 사람은 아무것도 안 하잖아!"

하고 종종 불만을 토로하기도 한다.

기본 성품은 온화하지만 갑자기 근엄해진다거나 안절부절못하는 등 다양한 표정을 보여주는 히데코 할머니.

이번에 레스토랑에서 함께 일을 하게 되었는데, 기대만큼 아니 그 이상으로 일을 너무 잘하는 것이었다.

물론 일을 잘한다는 말이 실수가 없다는 의미는 아니다. 당연히 실수는 있었다.

다만 무엇보다 감격스러웠던 것은 히데코 할머니가 그 어느 때보다 행복한 표정을 보여주었다는 점이다.

이토록 편안하고 즐거운 표정의 히데코 할머니는 본 적이 없다. 얼굴에 잔뜩 주름을 잡으려 환하게 웃는 모습은, 정말이지 사랑스러웠다.

진심으로 식당 일을 즐기고 마음 충만해 하는 느낌이 고스란히 전해져 왔다.

최선을 다해서 첫날을 마무리한 히데코 할머니였지만, 돌아가는 길에는 몹시 지쳐있었다. 말수도 줄어들고 차에 올라타자마자 의자에 쓰러지듯 기대었다.

그리고 그 순간, 나는 목격했다.

히데코 할머니가 웃옷을 살짝 벗더니, 사례금으로 받은 돈을 보물처럼 다루면서 꺼내서는 스커트 허리춤에 끼워 넣는 순간을……!

"그거, 따님한테 보여주시려고요?"

물어보자 작게 고개를 끄덕이며,

"그렇지" 하고 대답했다.

그 사례금, 결국 어디로 가버렸는지 지금으로서는 행방불명이
다.

따님에게 확인해 보았지만, 히데코 할머니에게서 아무 말도 듣
지 못했다고 했다.

그녀에게 직접 물어본들 이제는 아무것도 기억하지 못하리라.

사실 히데코 할머니의 치매는 상당히 진행되어 있다.

'주문을 틀리는 요리점'에서의 일도 다음 날엔 어렴풋이 기억했
지만, 그다음 날이 되자 거의 기억을 하지 못하더니 지금은 아예
남아있지 않은 것 같다.

사례금도 분명히 다음 날까지는 기억하고 있지 않았을까.

그러니 집에 도착해서는 어딘가에 잘 넣어두었을 것이다.

너무도 오랜만에 스스로 일을 해서 번 돈이다.

얼마나 소중하고 보물 같았을까.

그 보물을 어디에 간직해 두었는지 히데코 할머니는 이제 잊어
버렸다. 보물이 있었다는 것도, 그 보물을 어떻게 얻었는지도 이제
는 기억하지 못한다.

하지만 그 순간만큼은 분명 즐겁고 행복했으리라.

그것만은 틀림없다.

히데코 할머니의 기억 속에서는 사라졌지만 결코 헛되지 않았다고, 그렇게 믿고 싶다.

일을 즐기고, 사람들과의 관계를 즐기며, 보람찬 시간을 보냈다.

그 경험을 머릿속에 기억해 둘 수는 없어도, 틀림없이 행복한 시간이었을 테니까.

다시 그녀의 웃는 얼굴을 보고 싶다.

그러기 위해서 무엇을 할 수 있을까.

앞으로도 계속 고민해 보아야겠다.

story 7

휴게실의 사건 사고
돌아오니 모두가 웃는 얼굴

•

from. 복지팀 서포터

오픈날 아침, 홀에서 일을 하기로 되어있는 분들이 레스토랑
에 들어서며,

"여기가 어디지?"

"오늘은 무얼 하는 겁니까?" 하고 웅성거렸다.

물론 전부터 계속 "일 한번 해 보시지 않을래요?" 말은 했지만,
약간 혼란스러운 모양이었다.

첫날은 교대로 여섯 분이 참가했다.

휴게실은 레스토랑 2층.

교대 순서를 기다리는 곳이기도 하지만, 일을 하다 피곤할 때

누워서 쉴 수 있는 장소도 필요하기에 담요도 준비해 놓았다.

휴게실에서 자기 순서를 기다리다 보면 어르신들은 점점 상태가 안 좋아지기도 한다.
"오늘은 무얼 하러 온 거유?"
하고 다시 고개를 갸우뚱거리는 분도 있다.
그렇기 때문에 교대 시간이 가까워지면 우리 직원들은 일단 큰 소리로 말을 건다.
"자, 이제 교대 시간입니다."
"뭐 하는데?"
"홀에서 일하기로 하셨잖아요. 손님들한테 주문도 받고, 식사도 가져다 드리고."
"내가 그런 일을 할 수 있을까?"
"그럼요, 그럼요. 한번 해 보세요."
"아, 드디어 나가실 차례에요!"
"손님이 잔뜩 와 있어요!"
온갖 방법으로 기분을 띄워서 어떻게든 동기부여를 해 보려고 필사의 노력을 다한다.
그런데 막상 교대 시간이 되자 홀에서 돌아온 한 분이,

"나는 휴식시간 필요 없어" 하더니 다시 홀로 나가버리는 것이 아닌가!

'어! 교대할 차례 아닌가?!'

'기다리는 어르신들 기분 띄워드리려고 이렇게 고생하고 있는데!'

쉬지 않고 계속 일할 수 있을 만큼 기분도 좋고 체력도 따라주어 '다행이다' 싶지만, 휴게실에는 '자, 이제 내 차례!' 하면서 기다리고 있는 분들도 있지 않은가.

그래도 결국 말하고 만다,

"그럼 다시 한 번 나가실게요."

그러니까 '교대 없이' 다시 일을 하러 나가는 분이 나타나는, 예기치 못한 문제가 발생하는 것이다.

'음, 어떻게 달래지?'

순식간에 자기 차례를 빼앗겨 버려 영문을 몰라 하는 분이 있는가 하면, 지루해 하는 분도 있다.

"천천히 식사부터 하시죠."

"이불 있으니까 좀 누우세요."

하고 말을 걸어도,

"나는 왜 일을 안 시키지?" 하고 울상을 짓더니,

"그만 돌아갈래" 하고는 그냥 가버렸다.

어쨌든 지금은 어떻게 해서든 기분을 달래주지 않으면 안 된다.

"산책 좀 하고 올까요?"

간신히 달래서 밖으로 나갔다.

개중에는 도저히 참지 못하는 분도 있다.

"바로 저 앞이 아라카와(荒川) 구청이니까 갈래요."

갑자기 영문 모를 소리를 한다. 아라카와 그룹 홈에서 온 분이
었다.

하지만 그곳에서는 아무리 둘러보아도 아라카와 구청이 보이
지 않는다.

"여기는 다른 동네예요. 아라카와에서 레스토랑으로 오신 거
예요."

몇 번을 설명해도,

"아라카와 구청이니까 이제 갈래요."

도무지 고집을 꺾지 않는다. 돌아가고 싶어서 견딜 수 없는 기
분이 되어버린 것이다.

억지로 붙잡아 둘 수는 없는 노릇.

안타깝지만 '돌아가고 싶다'는 의사를 존중하기로 했다.

레스토랑으로 다시 돌아오니 휴게실 분위기가 어딘가 모르게 살벌해진 것 같았다. 불쾌한 표정으로 안절부절못하는가 싶더니, 작은 다툼이 벌어지기도 했다.

'아아, 역시!'

슬슬 한계가 오나 싶은 순간, 우리 직원들 머릿속을 스치는 생각이 있었다.

'아차, 점심 식사를 아직!'

밥을 준다고 하지 않았느냐며 다그치는데, 실행위원들 모두 당황해서 어쩔 줄 몰랐다.

"더 이상은 안 되겠는데."

"그런 것 같아."

휴게실을 담당하고 있던 직원들 이야기를 듣고 나는 부리나케 편의점으로 달려갔다.

당연히 목표는 주먹밥과 샌드위치.

어르신들의 배를 채워주지 않으면 안 된다.

최대한 많이 사서 서둘러 돌아왔다.

하나같이 정말 배가 고팠던 모양이다.

앞다투어 달려드는 바람에 주먹밥과 샌드위치는 순식간에 바닥이 나버렸다.

그 사이 스태프들도 식사 준비가 되지 않았다는 상황을 눈치챈 듯,

"식사 준비되었으니 드세요"라며 과자와 만두, 피자 등을 가져왔다. 물론 이것도 게 눈 감추듯 깨끗이 비워버렸다.

덕분에 모두가 기분 전환을 할 수 있었다. 배가 불러오자 누구랄 것도 없이 포만감을 즐긴다. 휴게실 사람들 얼굴에도 다시 웃음꽃이 피었다.

달콤한 음식은 마음을 누그러뜨리는 최고의 아이템. 그룹 홈에서도 단 음식이 나오면 어르신들 얼굴에 빙그레 웃음이 묻어난다.

이후로도 휴게실은 차례가 되어 나가는 사람과 돌아오는 사람들로 늘 분주했다.

조금 힘들어하는 분들에게는 이불을 깔아주고 쉴 수 있도록 해드렸다.

반면 웃음과 의욕이 넘쳐서 아예 홀에서 돌아오지 않는 분도 있을 정도였다.

방금 전까지 허기로 발끈했던 분도, 산책을 하고 나니 기분이

풀린 것 같았다.

새로운 마음으로 돌아오니 마침 본인 차례가 되었다.

"이제 홀에 나가실 시간이네요. 준비 되셨죠?"

"그럼요."

"그럼 수고해 주세요. 잘 다녀오세요."

"잘할 수 있을까."

"그럼요, 잘하실 수 있어요."

"그래, 잘할 수 있어. 다녀올게요."

다소 긴장되어 보이면서도 즐거움을 찾아 나서는 표정으로 레스토랑으로 내려간다.

일을 마치고 휴게실로 돌아오면 모두가 만족스러운 얼굴을 하고 있었다.

"아, 피곤해!" 말은 하면서도 얼굴 가득 미소가 넘쳤다.

그 얼굴들을 보고 있자니, 일을 하러 나갈 때의 걱정도, 돌아왔을 때의 안쓰러움도 말끔히 사라졌다.

모두가 지금껏 본 적 없는 만족스러운 표정을 짓고 있다.

역할을 가진다는 것이 사람을 이토록 빛나게 한다는 것을, 우리는 바로 눈앞에서 한없이 행복한 표정을 짓고 있는 분들을 보며 새삼 깨달을 수 있었다.

다만 우리 모두에게 힘든 하루였다는 것은 분명하다. 온통 난생 처음 경험했던 일들뿐이었으니까.

story 8

후미히코 씨의 이야기
틀려도 괜찮아

●

from. 복지팀 서포터

체력도 되고 의욕도 넘치는데, 정작 일할 곳이 없다.

후미히코 씨에게는 그런 느낌이 들었다.

"옛날에는 신주쿠 유명한 오코노미야키 집에서 일했었지."

후미히코 씨는 늘 자랑 삼아 말한다.

그 후에는 한 대기업 직원 식당에서 100여 명 가까운 손님들을 상대로 조리도 하고 배식도 하며 정리까지 도맡아서 했다고 한다.

청년성 치매를 앓고 있는 후미히코 씨는 아직 예순두 살.

사이타마(埼玉) 집에서 홀연히 사라진 뒤 가쓰시카(葛飾)까지 걸어갈 만큼 기운이 넘치는 분인데, 종종 경찰서 신세를 지기도 했다.

언제나 본인이 하고 싶은 것은 하고, 하고 싶은 말도 서슴없이 하는 성격이다.

특히 언변이 뛰어난데, 어느 정도인가 하면 아카시야 산마(明石家さんま, 일본의 톱 개그맨-옮긴이)도 울고 가지 않을까 싶을 정도다.

끊임없이 열변을 토하다 보면 주변 사람들은 상상 이상의 수다에 기가 질려 버린다. 심지어 가족들조차 질렸을 정도다.

"이런 기획이 있는데, 혹시 한번 해 보실 생각 있으세요?"

'주문을 틀리는 요리점' 이야기를 꺼내 보았다.

후미히코 씨가 하루 집에 없으면 그나마 가족들의 숨통이 트일 수 있기 때문이다.

역시 가족들은 "부디, 제발요. 꼭 데려가 주세요" 하고 흔쾌히 수락을 해 주었다.

무엇보다 후미히코 씨 본인이 크게 기뻐하며 함께하기로 약속을 했다.

'주문을 틀리는 요리점' 오픈 당일은 평소 실력에 더 날개를 달아서, 그의 토크가 그야말로 빛을 발하는 날이었다. 레스토랑으로 향하는 차 안에서도 연신 수다를 떨었으니까. 너무 좋아서 흥분이

가라앉을 줄 모르는 상태였던 것 같다.

의욕 충만, 자신만만, 그 자체다.

어찌되었든 요식업 경험자였던 덕분에 손님 대하는 태도도 정중하고, 말 한마디를 해도

'나는 프로니까.'

'하려면 제대로 해야지.'

말과 행동에서 자부심이 넘쳐났다.

그런데, 본의 아니게 경험자라 생기는 해프닝도 있기 마련.

후미히코 씨가 주문을 받으러 간 테이블에서 한 손님이,

"그럼 저는 햄버그스테이크로 주세요."라고 했다.

그러자 후미히코 씨의 한마디.

"카르트이신가요, 정식이신가요?"

아직 오픈 초반이라서 모두가 정신을 못 차린 채 일하고 있었던 터라 후미히코 씨의 돌발 질문에 우리는 식은땀을 흘렸다.

"네? 카르트가 뭐죠?"

되묻고 나서 곰곰이 생각해 보니, 그가 말한 '카르트'란 '아라카르트(à la carte)' 즉 '단품 요리'의 줄임말이었던 것.

'주문을 틀리는 요리점'의 메뉴는 세 가지뿐이다.

그중 하나인 햄버그스테이크 '정식'을 손님이 '햄버그스테이

크'라고 말했기 때문에,

"그럼, 햄버그스테이크만 단품으로 주문하시나요?" 하고 그 나름으로 눈치 빠르게 말을 했던 것이, "카르트로 드릴까요?"라는 말로 잘못 나온 것 같다.

과연 프로의식으로 무장한 후미히코 씨의 진면목을 엿볼 수 있는 대목이다.

손님도 처음에는 당황한 표정을 지었다가 '아, 그렇지!' 눈치를 채고 나서는 "죄송해요. 정식으로 주세요!" 방긋 웃으며 대답을 해 주었다.

한 가지 아쉬운 점은, 우리 후미히코 어르신, 의욕도 넘치고 자신감도 가득한데 실수가 잦다는 점이다. 차가운 음료용 텀블러와 뜨거운 커피용 텀블러가 비슷하게 생겨서 구별이 잘 되지 않는 탓에 대충 골라서 사용한다거나, 메뉴와 테이블 번호도 자꾸 틀리는 등 어쨌든 모든 면에서 실수가 잇따랐다.

재미있는 것은, 휴식시간이 되면

'돈 받고 하는 일인데 실수를 하면 안 되잖아.' 자못 진지한 표정을 짓는다는 점.

웃음이 터지려는 것을 억지로 참으며,

"그럼요!"

하지만 그 후로도 이런 상황은 반복되었다.

"직원 식당에서 일했을 때는 정말 힘들었어."

"왜요?"

"실수를 하면 엄청 혼이 났거든. 손님은 그냥 나가버리지, 상사한테 꾸지람 듣지, "잘리나 보다!" 하고 잔뜩 겁먹고 있던 적이 한두 번이 아니야."

확실히 일이란 그런 것인가 보다.

늘 긴장하면서 직장생활을 하다가 자신이 청년성 치매라는 진단을 받으면서 더 이상 일을 할 수 없게 되었다. 그렇게 지내다가 이번 기획에 관한 이야기를 들었다고.

"너무 마음이 편하더라고. 실수를 해도 된다고 하니까."

마지막 휴식시간이 되어서도 이야기를 멈추지 않는 후미히코 씨.

"여기 손님들은 정말 착하네. 실수를 해도 전혀 화를 내지 않으니 말이야."

"그러게 말이에요."

"이런 곳에서 일한다는 건 정말 최고의 행운이야."

"일을 할 수 있어서 정말 다행이야."

정말 만족스러워 보였다.

'주문을 틀리는 요리점'은 치매라는 질환 때문에 포기해야 했던 후미히코 씨의 만족감을, 그 상태로도 얼마든지 누릴 수 있다는 것을 알게 해 준 곳이었다.

어찌되었든, 후미히코 씨는 자신이 하고 싶은 말은 하고, 자신이 하고 싶은 일은 해야 하는 스타일이었다. 치매 탓도 있겠지만, 타인의 시선을 의식한다거나 상대방의 기분을 헤아리기란 무리인 상황이었던 것이다.

하지만 이곳에서 일하고 나서부터는, '누군가에게 도움이 되고 싶다'는 의지를 보여줄 수 있게 되었다.

'주문을 틀리는 요리점'에서 일하고 난 지 얼마 지나지 않아, 후미히코 씨가 또 외출을 한 이후 행방이 묘연해지는 일이 발생했다.

가족들이 나서서 수소문을 해도 찾지 못해 애를 태우고 있는데, 밤늦도록 거리를 배회하고 있는 그를 경찰이 발견하고 보호하고 있었던 것이다.

무더운 여름날, 뙤약볕이 내리쬐는 거리를 돌아다녔으니, 얼굴은 새까맣게 그을렸고 피부도 땀에 젖어 축 처진 것이, 몰골이 말이 아니었다. 물이라도 좀 마셨는지 어쨌는지 걱정이 되었지만, 본

인에게 물어본들 아무것도 기억하지 못하리라.

"어제 어디 가셨어요? 산책을 엄청 오래 하셨네요."

"요코하마항에."

후미히코 씨가 대답했다.

'아니에요. 어르신을 사이타마 이와쓰키에서 찾았는 걸요.'

사실을 알려주어도 소용이 없을 것이다.

후미히코 씨는 자신이 분명 요코하마에 갔었다고 굳게 믿고 있는 듯했으니까.

"그래요? 왜 또 가셨어요?"

일단 수긍을 하고 재차 물었다.

"늘 고생만 한 우리 마누라, 호강 좀 시켜주고 싶어서. 마누라가 항상 요코하마항에 가고 싶다고 해서 데리고 갔다 왔지."

후미히코 씨는 정말 만족하는 것 같았다.

하지만 진실은 다르다.

후미히코 씨가 요코하마라고 믿으며 이와쓰키에서 배회하고 있던 그 시간, 부인은 후미히코 씨를 찾아다니느라 기진맥진해 있었다.

밤늦은 시간이 되어도 찾지 못하자 걱정이 돼서 잠도 청하지 못하고 있었던 것이다.

종종 "우리 마누라, 정말 좋은 사람이야" 하고 부인 자랑을 했던 후미히코 씨였다. 충분히 그럴 수도 있겠다 싶었다.

단순히 '산책 가고 싶어'가 아니라 '누군가를 위해' 행동을 한 것은, 내가 알기로는 처음이었다.

story 9

데쓰 씨의 이야기
음료는 더 있다가 나가도 됩니다

●

from. 복지팀 서포터

'주문을 틀리는 요리점' 기획안을 들고 "한번 해 보시지 않을래
요?"하고 제안했을 때 데쓰 씨는 정말 기뻐했다.

데쓰 씨를 선택한 이유 중 하나는 음식점에서 일했던 경험이 있
기 때문이다.

아들 가게를 오랫동안 도와주고 있었는데, 치매 진단을 받으
면서

"이제 어머니 연세도 있으시니까 천천히 하세요." 아들 내외가
만류했다는 이야기를 들려주었다.

"아무래도 실수를 하게 될까 봐 걱정도 되고, 자식들한테 짐이

되고 싶지도 않아서 그냥 손을 떼 버렸지."

데쓰 씨는 아들의 마음을 잘 헤아리고 있었지만 그래도 일에는 미련이 남아있는 모양이었다.

오픈 당일, 식당 개점시간을 앞두고 우리는 2층에 마련된 휴게실에 모여 있었다.

거기서 처음으로 '주문표'라는 것을 나누어 주었다.

테이블 번호와 메뉴 번호가 적혀 있고, 손님이 주문을 하면 동그라미를 치는 식으로 한눈에 알아볼 수 있도록 만들어졌다.

그런데 정작 주문을 받는 사람은 치매 상태의 어르신들뿐.

그 종이가 대체 무엇인지조차 알 수 없을지도 모른다. 지금은 이해했더라도 당장 10분만 지나면 기억하지 못할지 모른다.

'잘 될까.'

나는 내심 조마조마했다.

그때 데쓰 씨의 한마디,

"이 종이를 손님에게 주고 직접 쓰게 하면 되지 않아요?"

아아, 그렇구나. 정말 기가 막힌 해결책이다.

과연 음식점 경력자다운 발상이구나, 감탄했다.

실제로 레스토랑 안에는 손님에게 주문표 자체를 건네는 광경이 여기저기서 벌어지고 있었다.

보통 레스토랑에서는 있을 수 없는 일이지만, 여기는 '주문을 틀리는 요리점'.

이곳이라면 허용될 수 있다. 실수를 해도 누구도 책망하거나 나무라지 않는다.

데쓰 씨가 '헤헤' 하고 웃는 소리가 들린다.

정작 '주문표를 손님에게 전달한다'는 기발한 발상을 한 데쓰 씨는 정확하게 손님으로부터 주문을 받아서 자신이 직접 메모를 하는 등 빈틈없는 서비스를 실행에 옮기고 있었다.

물론 그 외에는 실수 연발이다.

방금 들은 손님의 주문 내용을 돌아서자마자 깜빡하고는,
"어머머" 무안한 듯 웃곤 한다. 그렇게 실수는 하지만, 예전 솜씨를 100퍼센트 가동하면서 제법 전문가다운 포스를 보인다.

레스토랑은 하루 단 네 시간만 오픈한다.

하지만 내내 서 있어야 하기 때문에 치매 상태의 어르신들에게는 중노동이다. 역시나 데쓰 씨는 척척 알아서 잘하는 것 같았지만, 한 시간쯤 지나서 '분명히 지쳤을 거야' 하는 생각에 말을 걸었다.

"좀 쉴까요?"

"아니, 괜찮아."

꾀부리지 않고 무조건 열심히 일하는 분이라는 것은 익히 아는 사실.

하지만 데쓰 씨는 일하러 오신 분들 중 가장 고령인 여든 다섯이다. 각별히 컨디션 조절에 신경을 써 드려야 한다.

이런 생각도 들었다.

'어쩌면 여기서 아예 나가실 생각이 없는지도 몰라……'

진심으로 즐거운 듯, 생기가 넘치는 모습으로 일을 하고 있었기 때문이다.

그래도 다시금,

"좀 쉬면서 하셔도 돼요."

하고 말을 걸자,

"그래?"

그제야 조금 안심이 되는 듯 편안한 표정을 보였다.

아들과 함께 일했을 때는 단 한 번도 피곤하다는 표정을 짓지 않고 죽기 살기로 일했으리라.

"여기서 피곤하다는 말을 해서는 안 돼."

데쓰 씨의 마음속에 아직도 간직하고 있는 자긍심과 각오 같은 것이 엿보였다.

그날 레스토랑에서는, 장소를 제공해 준 주인공이자 요식업계의 전문가인 기무라 슈이치로(木村周一郎) 씨가 함께하면서, 홀에서 일하고 있는 어르신들에게 적당한 타이밍에 말을 걸어주었다. 그때까지 기무라 씨는 치매를 앓고 있는 분들을 직접 접해본 경험이 한 번도 없다고 했다.

오픈 이틀째 오후 무렵, 기무라 씨가 물었다.

"3번 테이블, 음료 준비해야 하지 않아요?" 그러자 데쓰 씨가,

"아니요. 아직 음식을 드시고 있으니까 좀 더 있다가 나가도 될 것 같아요."

옆에서 듣고 있던 우리도 깜짝 놀랐지만, 기무라 씨도 적이 놀란 표정으로 "아아, 그렇군요" 하면서 고개를 끄덕였다.

나중에 기무라 씨에게 그때 일을 물으니, "그때는 제 귓불까지 빨개질 정도였어요" 하면서 쓴웃음을 지어 보였다.

"그분들과 함께 일하면서 '지시를 내리면 정확하게 움직여 주는 사람들'이라는 것을 조금은 알게 되더군요. 하지만 그것이 전부는 아니었어요. 미리 알아서 움직이기를 기대하기 어려운 분도 많은데, 데쓰 씨는 치매를 앓고 있으면서도 그 일이 가능하니까요. 사실은 좀 더 많은 일을 맡겨도 좋았을 것 같아요. 지나친 과보호가

아니었나, 반성했어요."

'주문을 틀리는 요리점' 첫날 영업이 끝나고 돌아가는 차 안에서 데쓰 씨는,

"아, 피곤하다." 지친 숨을 몰아쉬면서도, 마냥 행복한 얼굴을 하고 있었다.

"나 혼자였다면 절대로 못했을 테고, 아무런 도움도 안됐을 거야. 동료들이 함께한 덕분에 할 수 있었지."

그렇게 무언가 곰곰이 생각하더니,

"모두들 함께해서 힘을 낼 수 있었어."

"동료란 정말 소중해."

"벗을 귀하게 여겨야 해요."

몇 번이고 되풀이했다.

데쓰 씨는 항상 밝고 농담도 잘하고 수다도 많은 편이다.

하지만 그런 식으로 깊이 있는 이야기를 하면서 가르침을 주려는 것 같은 모습은 처음이었다.

데쓰 씨는 하루 일한 사례금으로 3천 엔을 받았다.

"그 돈, 아드님한테 자랑하실 거예요?"

하고 물었더니 빙그레 웃는다.

"이틀 치를 합쳐서 돈이 좀 모이면 보여줘야지" 하고 너스레를 떠는 바람에 모두가 한바탕 웃었다.

이 이야기에는 사실 후일담이 있다.

얼마 지나서 아드님에게 물었더니,

"아, 사례금이 나왔어요?"

처음 듣는 이야기라는 표정이다.

'데쓰 씨, 사례금 받은 걸 잊어버리셨나?'

걱정이 돼서 데쓰 씨에게 확인해 보았더니 역시 기억 자체가 애매하다. 기억을 되살리도록 이야기를 정리해 주었더니 그제야 "아, 뭐 좀 샀어"라고 말한다.

'주문을 틀리는 요리점'에서 일한 후, 데쓰 씨는 2주 정도 시설을 쉬었다.

처음에는 감기에 걸린 것 같더니, 금방 기력을 되찾아 사례금을 들고 쇼핑을 간 모양이다.

데쓰 씨의 기억 속에 '주문을 틀리는 요리점'이 아직 남아있는지는 알 수 없다.

하지만 어쩌면 그때 '내가 일을 했다'는 기억이, 예전에 아들 가게에서 일했던 기억과 이어져 있는지도 모른다.

아들한테 사례금 받은 이야기를 하지 않은 것도 그렇게 생각하면 이해가 가는 부분이다.

당연히 일한 대가로 받은 급여라고 생각했으니 굳이 아들에게 이야기할 필요가 있겠는가.

"내가 일해서 번 돈이니까 내 마음대로 써야지."

오랜만에 쇼핑을 하면서 즐거웠기를 바란다.

미카와 씨 부부의 이야기 ②
아주 작은 자신감

•

from. 미카와 가즈오

'주문을 틀리는 요리점'에서 나는 첼로를, 아내는 피아노를 연
주하기로 했다.

제안을 받고나서부터 우리 부부는 정말 열심히 연습을 했다.

그리고 당일,

"그럼 이 매트를 테이블 위에 깔아 주실래요?"

스태프에게 받은 매트 묶음을 손에 들고 아주 곤혹스러워 하고
있는 아내를 보았다.

똑같이 생긴 매트를 똑같이 생긴 테이블 위에 깐다는 것이, 그
녀로서는 아무래도 쉬운 일이 아니었으리라.

형상을 인식하는 능력이 현저하게 떨어져 있기 때문에 어디에 어떻게 깔아야 할지 모르는 것이다.

모르면 물어보면 될 텐데, 모두들 개점 준비로 분주한 가운데 아내는 누구를 붙잡고 물어보아야 할지 난감했을 것이다.

그렇게 '주문을 틀리는 요리점' 오픈을 우리 부부는 곤혹감과 불안 속에서 맞이했다.

그날, 아내는 아침 내내 몹시 긴장되어 있었다.

"미카와 씨, 걱정 마세요. 오랜만에 피아노를 친다니까 긴장되세요? 틀려도 괜찮으니 아무 걱정 마세요."

"그래요, 모두가 즐기는 자리니까요."

안절부절못하고 있는 게 아닌가 걱정이 되어, 모두가 격려의 목소리를 아끼지 않았다. 하지만 그것은 오해였다.

아내의 말인즉슨 이렇다.

"피아노 치는 건 괜찮아요, 이제. 남편도 있고. 정말 괜찮아요. 내가 걱정하는 건 다른 거예요."

그랬다.

아내에게 사람들 앞에서 피아노를 치는 것은, 치매를 앓기 이전부터 늘 해 오던 일이자 어디까지나 자기 전문 분야였기 때문에,

새삼스럽게 긴장할 일은 아니다.

정작 그녀의 걱정은 딴 곳에 있었다. 홀 일을 보아야 한다는 자체에 긴장을 하고 있었던 것이다.

실제로 손님이 주문한 요리를 맞게 들고 나와도, 한 걸음 내디디면,

'어디였더라?' 이내 멈춰 서서 두리번거리기 일쑤다.

실수를 해도 괜찮다고 사람들은 말하지만, 그렇다고 해서 실수를 마구 할 수는 없는 노릇이다.

'제대로 잘하고 싶어', '틀리면 얼마나 창피할까', 이런 마음은 치매를 앓게 되었어도 변함이 없다.

절대로 실수하고 싶지 않은데, 도무지 모르겠다.

아내의 당혹스러워 하는 모습에 나도 모르게 그만,

"2번 테이블이 아니야, 이쪽이야" 하고 참견을 하고 말았다. 그러자,

"역시 나는 안 되나 봐요." 이내 낙심을 해 버리는 아내.

그러는 사이, 첫 번째 연주를 할 시간이 되었다.

우리가 선택한 곡은 〈아베 마리아〉.

왜냐하면 그 곡밖에 연주할 수가 없기 때문이다.

연주 시작 전, 나는 인사말을 했다.

"집사람은 4년 전에 치매 진단을 받았습니다. 피아노 전문가였던 그녀가 더 이상 피아노를 칠 수 없게 된 겁니다. 하지만 워낙 피아노를 사랑했기 때문에 '어떻게든 쳐보고 싶다'는 마음으로 어설프지만 천천히 연습해 왔습니다. 끝까지 연주할 수 없을지도 모르지만 즐겁게 들어주시기 바랍니다."

이렇게 연주를 시작했다.

연주 중에는 서로에게만 집중하고 있었기 때문에, 다른 생각을 할 겨를이 없었다. 그저 평소 해 오던 것처럼 할 뿐이다.

시작은 순조로웠지만 역시 아내는 중간중간 틀렸다.

"어머나, 죄송해요."

아내는 사과했고, 나는 늘 그랬듯 아내의 손을 잡아서 정확한 건반 위치를 알려준다.

그러면 아내는 거기서부터 다시 연주를 시작하고, 나는 아내에 맞추어 첼로를 켠다.

언제나처럼, 연습으로 여기까지 왔던 것처럼, 우리는 연주를 했다.

우여곡절 끝에 연주를 마치고, 멍해 있는 아내와 눈빛을 나누는 순간, 우리 부부는 생각지 못한 박수 세례를 받았다.

그제야 관객들 쪽으로 눈을 돌리니 모두 환하게 웃는 얼굴로 우리를 보고 있었다. 눈물을 훔치는 분도 있었다.

요리를 나르고 있던 분도, 손님과 함께 의자에 앉아서 박수를 보내주고 있다.

"감동이었어요."

"정말 멋져요."

"또 듣고 싶어요."

손님들의 응원의 목소리가 이어졌다.

우리는 이토록 마음 따뜻한 분들에 둘러싸여 연주를 하고 있었던 것이다.

이곳은 정말 따뜻하다. 그래서 마음 편하게 연주할 수 있었나 보다, 나는 그렇게 생각했다.

"이렇게 기뻐해 주시다니 너무 송구스럽네요."

아내도 환하게 웃고 있었다.

레스토랑에는 장남 부부와 딸아이 가족도 와 있었다.

두 아이 모두 어릴 때부터 항상 아빠, 엄마의 연주를 들으며 자랐다.

공연 자체를 돌아보면, 중간중간 틀리고 음이 끊겨버리는 연주가 좋았을 리 없다.

하지만 아들 녀석은,

"이렇게 감동적인 연주는 처음이에요"라고 말해 주었다.

나도 아내도, 아들의 그 말만큼 기쁘고 감사한 일은 없었다.

'주문을 틀리는 요리점'에서 연주하기를 정말 잘했다고 생각하게 된 것은, 아내가 예전처럼 밝고 명랑해졌다는 사실 덕분이다.

"조금 자신이 붙은 것 같아요."

아내 입에서 그런 말이 나왔다는 사실이 정말 기뻤다.

이제, 일상생활에서 아내가 자기 힘으로 할 수 있는 일은 많지 않다.

예를 들면 옷을 거꾸로 입는 일이 워낙 많다 보니, 어쩌다가 제대로 입기라도 하면 우리 두 사람은 펄쩍 뛸 정도로 좋아한다. 역시나 잘못 입는 날이면 살짝 기가 죽기도 하지만.

그런데 개중에 할 수 있는 것도 있다.

아침이면 아내가 된장국을 끓여준다.

밥솥 스위치를 눌러서 밥을 하는 것도 아내 몫이다.

현관문을 잠그고 여는 것도 아내에게 부탁했다.

욕실 정리도 아내가 할 일.

두 장의 널빤지 욕조 뚜껑을 덮는 일인데, 위치를 맞춘다거나 방향을 틀어야 하는 경우도 있어서 그녀에게는 조금 버거울 수 있으리라. 그래도 요즘은 실수 없이 잘해 왔다.

주택 보안 시스템을 세팅하는 것도 집사람에게 일임하고 있다. 버튼이 많아서 기억하는 데 애를 먹기는 하지만, 그래도 큰 문제 없이 잘하고 있다.

피아노도 마찬가지.

예전에는 내가 옆에서 봐주지 않으면 안 쳤는데, 지금은 혼자서도 잘 친다. 나도 집안일 등 할 일이 많아 늘 곁에 있어줄 수는 없기 때문에, 그런 아내가 마냥 고맙다.

하지만 요즘에는 너무 오랫동안 아내를 혼자 두었더니,

"여보, 나 하나도 모르겠어요. 못 치겠어." 볼멘소리를 하기 시작한다.

그래도 여전히 잘 치고 있다.

내가 곁에 없어도 소리는 늘 귀 기울여 듣고 있기 때문에 알 수 있다.

그것은 그러니까,

"같이 쳐 줘요."

"함께해요."

라고 그녀가 보내는 사인이다.

그 또한 잘 알고 있기 때문에,

"그럼 한번 봐줄게."

"함께 연주해 볼까."

나도 맞장구를 쳐준다.

아내가 예전의 밝은 모습으로 돌아와서 정말 다행이다.

옷을 제대로 입지 못해도, 자꾸 실수를 해도, 일이 잘 안 풀려도, 괜찮아 여보. 다시 하면 되잖아.

아내도 나도 그런 마음으로 지낼 수 있는 것은 그날의 연주회 덕분인지도 모른다.

아내는 그날, 피아노를 칠 수 있는 무대가 주어졌다는 사실만으로 기쁨에 넘쳐 있었다.

하지만 나는 아내와 다른 생각을 하고 있었다.

'치매라는 것을 사람들에게 좀 더 알리고 싶다'는 생각.

'치매에 걸린 사람도 이렇게 열심히 살고 있다는 것을 알리고 싶다, 보여주고 싶다.'

그런 생각.

아내 인생에 피아노가 있다는 것은 정말 행운이었다.

잃어버렸던 자신감을 조금씩 되찾는 계기가 되었기 때문이다.

분명히 다른 치매 환자분들도 저마다의 계기가 있으리라 생각한다.

평생에 걸쳐 할 수 있는 무언가를 주변 사람들이 찾아줄 수 있다면, 그 사람의 일상도 그리고 그 사람을 지탱해주는 가족들의 일상도 크게 달라지지 않을까.

쉬운 일은 아닐지 모른다.

그러나 희망은 있다.

매일 피아노 앞에 앉는 아내를 보면서 그런 생각을 한다.

어떤 가족의 이야기
실수를 받아들인다는 것

●

from. 기쿠치 씨(기업 경영자)

내가 '주문을 틀리는 요리점'에 대해 알게 된 것은, 요식업계의 젊은 경영자들이 모이는 스터디 모임에서였다.

그곳에 이번 일을 기획한 오구니 씨가 참석했다. 15분 정도 진행된 그의 발표 내용을 요약하자면,

"치매 상태에 있는 사람들이 일하는 레스토랑을 열고 싶습니다. 하지만 장소도 없고 레스토랑을 운영할 노하우도 없어요. 도와주십시오."

그의 이야기를 듣고,

'꽤나 공감 가는 이야기다. 하지만 실현시키기에는 좀 어렵지

않을까.'

이것이 나의 솔직한 느낌이었다.

아마 그곳에 있던 사람들 즉 요식업계 경영자들 모두가 그런 생각을 했을 것이다.

그러나 이야기는 거기에서 끝나지 않았다.

오구니 씨의 프레젠테이션이 끝난 직후, 스윽 손 하나가 올라왔다.

"장소가 있기는 합니다."

주인공은 바로 기무라 씨.

나중에 들었지만 '이 기획을 실현하기 위해 넘어야 할 벽이 너무 높다'고 느끼면서도, 오구니 씨의 열정과 패기에 이끌려 자신도 모르게 손이 들고 싶어졌다는 것이다.

이를 계기로 그날 모인 경영자들이 속속 협력할 것을 약속해주었다.

아마 기무라 씨의 이 한마디가 없었다면 '주문을 틀리는 요리점'은 실현될 수 없었으리라.

실현 불가능하리라 여겼던 일이 순식간에 역전되어, 실현 가능한 쪽으로 급선회하기 시작했다.

그것은 실로 기적의 순간이었다.

그 광경을 직접 목격하면서 나는 진한 감동을 받았다.

'주문을 틀리는 요리점'에 가보고 싶다는 강렬한 열망이 꿈틀거렸다.

오구니 씨를 붙잡고,

"꼭 연락주세요."

거듭 다짐을 받으면서 명함을 건넸다.

훗날 '주문을 틀리는 요리점' 사전 오픈을 알리는 연락이 왔을 때, 나는 제일 먼저 큰아들한테 말했다.

"'주문을 틀리는 요리점'이라고, 오픈한다는데 한번 가 볼까? 메뉴가 틀리게 나오는 식당이라는데."

사실 아들 녀석에게서 긍정적인 대답을 기대하지는 않았다.

그런데 갑자기

"가요." 선뜻 수락을 했다.

"네가 주문한 요리가 안 나올지도 모른다니까? 그래도 괜찮아?"

"틀린 메뉴가 나온다면서요, 그러니까 한번 가보려고요."

뭐라고 표현하기 어려운 복잡한 기분으로 나는 녀석의 말을 받아들였다.

스물한 살인 아들 녀석은 지적장애를 앓고 있다.

현재 지능적으로는 네다섯 살 아이 수준이다. 태어나자마자 신생아 집중치료실에 들어가 석 달을 있었다. 어려울지도 모른다는 이야기를 들으면서도 다행히 생명은 건졌지만, 끝내 장애를 안게 된 것이다.

장애가 있기는 했지만 아이는 밝았다.

지나치는 모든 사람들에게 인사를 하고, 누구와도 쉽게 친해지는 아이다. 낯을 가리지 않는 성격이라 처음 보는 사람들도 아이를 예뻐해 주었다.

외식도 좋아했다.

우리 집은 아들만 셋인 5인 가족으로, 아내는 평일에 큰아이와 가족들을 챙기느라 고생이 많다. 그래서 휴일이면 조금이라도 부담을 덜어주고 싶어서 거의 외식을 나간다.

다만 첫째 아이가 너무 사람들과 접촉하기를 좋아하고 큰 소리도 내는 편이라서 난처할 때도 있다.

어릴 때는 그래도 "왜 그러니?", "그래, 왜?" 하고 웃으면서 받아주는 사람들도 많았다.

하지만 아이가 클수록 주변의 시선은 달라졌다.

겉으로 보기에는 어른이니까.

멀쩡하게 생긴 남자가 갑자기 만지려고 달려든다거나, 처음 보는데도 인사를 하거나 하면 '뭐야, 이 사람' 하는 눈으로 흘깃거린다. 무서워서 도망치는 사람도 있다.

아이 스스로 자기에게 향하는 시선이 따가워졌다는 것을 민감하게 받아들이면서도, 사람을 만지려고 한다거나 심하다 싶을 만큼 들이대는 자신의 성향은 어쩔 수 없는 것 같았다.

스무 살을 넘기고부터는 사람을 싫어하는 지경까지 되었다.

둘이서 강아지를 데리고 산책을 나갔을 때의 일이다.

갑자기 멈춰 서서 꿈쩍도 하지 않는 것이었다. 그러는 사이 뒤에서 걸어오던 사람들이 자기를 추월해서 지나가자 그제야 걸음을 옮기기 시작했다.

"왜 그러니?"

지금껏 본 적 없는 모습에 놀라서 물어보았더니,

"사람들이 싫어해서 먼저 지나가게 한 거예요."

하고 대답했다.

'밥 먹으러 가자'고 해도 요즘은 도무지 말을 듣지 않는다. 그 덕에 우리 가족은 기껏해야 집 근처 도시락집 메뉴 정도에만 빠삭할 뿐이다.

그런 아이가 '주문을 틀리는 요리점'에는 가고 싶다는 것이다.

메뉴를 틀릴지도 모른다.

그 말이 아이의 마음을 움직였나보다.

'주문을 틀리는 요리점'에는 나와 집사람, 큰아들, 이렇게 셋이 갔다.

그곳에서 아이는 오랜만에 본래의 밝고 명랑한 모습을 보여주었다.

지나가는 사람들에게 "안녕하세요!" 하고 인사를 건네고, 테이블로 식사를 내오는 할머니에게 "감사합니다!"라고 인사도 한다.

인사를 하러 왔던 오구니 씨에게도,

"아저씨, 안녕하세요! 여기 정말 멋진 가게네요" 하고 웃음을 보였다. 다른 스태프들에게도, 손님들에게도,

"여기 좋은 식당이에요."

"아빠랑 엄마랑 또 오고 싶어요!" 하고 싱글벙글 웃으며 말을 걸었다.

아들 녀석의 목소리 외에도, 레스토랑 여기저기서

"틀렸어요."

"어머, 하하하, 죄송해요."

"정말 맛있네요."

"틀리지 않고 잘 왔네요, 하하하."

다양한 이야기들이 오고가고, 웃음소리도 끊이질 않았다.

왁자지껄 소란스러우면서도 따뜻하고 마음을 놓을 수 있는 편안한 공간이었다. 그곳에는 눈살을 찌푸리며 우리 아이를 바라보는 사람이라고는 찾아볼 수가 없다.

다른 테이블에서는 꼬마 아이가 울면서 보채고 있었지만, 짜증을 내거나 눈치를 주는 사람도 없었다.

'주문을 틀리는 요리점'은 있는 그대로의 우리 아이를 받아들여 주었다.

큰아이에게뿐 아니라 모두에게 똑같았다.

우리는 전혀 무리하지 않고 오로지 자기만의 모습 그대로, 함께 그 공간의 분위기에 빠져들어 가고 있었다.

아이의 행복한 얼굴을 보면서 식사를 할 수 있다는 것은, 우리 부부에게 더없이 기쁜 일이었다. 생각해보면 우리 자신도 외식을 하면서 약간의 스트레스를 받기는 했던 것 같다.

큰아들이 쓸데없이 사람들과 접촉하지 않도록 구석진 자리나 아예 방을 따로 얻는 등 항상 좌석에 신경을 써야 했다.

화장실을 가든 무엇을 하든 아이에게서 눈을 뗄 수가 없었다.

큰 소리로 떠들지 않도록, 민폐를 끼치지 않도록, 사람들의 시선을 의식하면서 긴장을 해야 했다. 분명히 우리 부부는 항상 긴장된 얼굴로 아이를 지켜보고 있었으리라.

하지만 '주문을 틀리는 요리점'에서는 나도 아내도 편안한 마음으로 웃으면서, 아이와 함께 테이블에 둘러앉을 수 있었던 것이다.

정말로 더없이 행복한 시간이었다.

또 한 가지 깜짝 놀란 건, 음식이 너무나 맛있었다는 사실이다.

우리 세 사람은 메뉴 세 가지를 한 개씩 주문했기 때문에, 전부 맛을 볼 수 있었다. 어느 메뉴 하나 천 엔이라는 가격이 믿기지 않을 만큼 고급스럽고 맛이 훌륭했다.

주문을 틀리기는 하지만 맛은 틀리지 않는다.

스태프들 모두가 손님들에게 멋진 경험을 만들어 주기 위해 노력한 정성이 고스란히 느껴졌다.

"사실 이 일은 당신이 해야 할 일인데."

레스토랑을 둘러보며 아내가 말했다.

"그러게 말이야."

"노력해 봐요."

"그래야지."

사실 아내는 예전부터 큰아이처럼 장애를 갖고 있는 아이들을 맡아서 보살펴 줄 시설을 만들고 싶어했다. 나 역시도 언젠가는 그것을 실현하고 싶다고 막연하게나마 생각하고 있던 참이었다.

아내는 '주문을 틀리는 요리점'에서 자신이 그려온 꿈을 실제로 만났던 것 같다.

"메뉴를 틀리는 요리점은 또 언제 가요?"

레스토랑에서 보낸 시간이 아이에게는 가장 즐거웠던 모양이다.

그곳에 다녀온 이후 몇 번이나 물어온다. 아이는 가게 이름을 '메뉴를 틀리는 요리점'이라고 기억한 것 같다.

"또 가고 싶어?"

"가고 싶어요."

"그럼 거기서 일하고 싶어?"

"일하고 싶어요!"

큰아이에게 '주문을 틀리는 요리점'이 특별한 장소였던 것은 틀림없다.

하지만 외식을 싫어하는 것은 여전했다. 사람을 꺼리는 것도 변함없다.

한 가지 일이 모든 것을 좋은 방향으로 바꾼다는 것은 거짓말이 아닐까.

현실이란 그런 것이다.

'주문을 틀리는 요리점' 역시 그 존재 자체만으로 치매 환자들이 안고 있는 문제를 모두 해결할 수는 없다.

이번 일을 기획한 오구니 씨도, 꿈만 같은 일을 실현해낸 스태프들도, 거기까지 기대한 것은 아닐 것이다.

다만 실수를 허용하고 받아들이는 장소가 있다. 이해해주는 분위기가 있다.

그 지점에 가치가 있지 않을까.

그리고 나 개인적으로는, 데리고 가면 분명히 아들이 기뻐할 만한 장소가 생겼다는 사실에 무엇과도 바꿀 수 없는 가치를 갖게 되었다.

우리 가족 모두는, 또 '주문을 틀리는 요리점'에 갈 수 있기를 진심으로 바라고 있다.

story 12

손님들의 이야기 ②
역시 최고의 레스토랑이야

•

from. 나카지마 나오 씨(디자이너·대학강사)

"저기, 나오."

여기가 치매 환자들이 일하는 레스토랑이라는 것을 뒤늦게 알
게 된 지카는 놀라움과 감동을 감추지 못하더니, 순간 불안한 표
정이 되었다.

"나는 그것도 모르고, 아까 주문할 때 직원분한테 '주문한 요리
가 안 나올 수도 있다면서요' 하고 말해버렸어."

듣고 보니 정말 그랬다. 서빙하시는 분은

"아니에요. 하하. 최대한 안 그러려고 노력하고 있거든요." 웃으
며 받아넘겨 주었던 것이다.

"그래도 혹시나, 상처를 받으셨으면 어쩌지······."

"괜찮을 거야." 나는 웃으며 대답했다.

"이곳에는 '주문을 틀리는 요리점'이라는 시스템이 있잖아. 그 덕분에 이 콘셉트를 아는 분도 모르는 분도 그리고 일하는 사람도, 전혀 신경 쓰지 않아도 돼."

"그렇구나. 정말 여기는 말 그대로 어느 누구나 올 수 있는 식당이네."

내가 이 가게의 콘셉트를 지카에게 말하지 않고 데려온 것은, 그녀가 이곳에서 순수하게 느낀 것, 생각한 것을 함께 나누고 소통하고 싶었기 때문인 것 같다.

나는 지금 4기 암을 앓고 있다.

오늘 나는 '주문을 틀리는 요리점'에서 나의 병과 치매라는 병의 공통점을 발견했다.

그것은 바로 '잃는다'는 것.

암을 앓게 되면서 외관적인 것, 살아가면서 하게 되는 여러 가지 선택, 할 수 있는 일을 할 수 없게 되는 것 등 여러 가지를 '잃는' 경험을 했다.

치매 진단을 받은 분들 역시 기억을 잃고, 일상생활에서 할 수 있었던 많은 것들을 잃고 있으리라.

암에 걸렸으니까 포기해야 한다.

치매니까 마음을 접어야 한다.

세상 사람들은 이따금, 악의는 없지만 그런 생각을 하고 있을지도 모른다.

하지만 암 환자인 나는 오늘, 가장 좋아하는 옷을 입고 가장 친한 친구와 너무나 멋진 레스토랑에서 최고의 식사를 즐겼다.

물론 많은 것을 잃었다.

하지만 우리는 여전히 할 수 있는 것들이 많다.

많은 것을 잃었다지만 여전히 주변 사람들과 사회와 이어져 있다. 이어져 있어서 좋다.

그 사실을 구체적인 형태로 명확하게 해준 것이 바로 '주문을 틀리는 요리점'이 아닐까 생각하면서, 나는 오늘 이곳에 와있는 것이다.

한창 식사를 하고 있는데, 우리 테이블 옆의 피아노 곁으로 한 쌍의 부부가 걸어오셨다.

아내 되는 분이 피아노 앞에 앉았다. 자세히 보니 아까 음식을 서빙해 주셨던 분, 그러니까 치매 환자다. 남편 분은 피아노 옆 의자에 앉아서 첼로를 챙기고 있었다.

"마지막까지 연주할 수 없을지도 모르지만 부디 즐겁게 감상해 주십시오."

레스토랑에 〈아베 마리아〉의 선율이 흐르기 시작했다.

연주가 시작되자 아내분은 여러 번 틀리기도 하고 연주를 멈추기도 했다.

"어머, 죄송해요" 말하는 얼굴에서 부끄러움과 슬픔이 묻어난다.

그러자 남편이 첼로를 세워두고 일어나 다가가더니 아내 손을 붙잡고 건반 위에 다시 올려준다. 그렇게 다시 연주가 시작된다.

그런 광경이 꽤 여러 번 반복되었다.

그 자리에 있는 모든 사람들이 그 모습에 빠져들었다. 숨소리조차 내지 않고 오로지 그 부부의 연주에 몰입해 있다.

지카는 애써 아무렇지 않은 척 하려 했지만, 어느새 울고 있다.

나는 부부의 모습을 보며 우리 가족을 떠올렸다.

서른한 살이라는 젊은 나이에 암이라는 것을 알았을 때, 독신생활을 접고 집으로 들어가서 가족과 함께 살기 시작했다. 지금도 가족과 함께 지낸다.

특히 가장 오랜 시간을 함께하는 사람은 아버지다.

힘이 없을 때는 아무리 쉬운 일이라도 무리하지 않도록 도와

주고, 컨디션이 좋지 않을 때도 늘 한결같은 미소로 나를 지켜보아 주신다.

병에 걸리지 않았다면 잃어버리지 않았을 것도 많지만, 병에 걸리지 않았다면 지금의 행복하고 편안한 생활은 없었으리라.

눈앞에서 연주를 하고 있는 부부도 나와 똑같지 않을까 생각했다.

매일매일 두 분은 이렇게 연습을 하고 있었을 것이다. 멈췄다가 다시 시작하고. 그것이 두 분의 일상인 것이다.

남편은 하루에도 수십 번, 아내의 손을 바로잡아 주셨겠지.

함께 지내는 시간이 얼마나 길고 오래되었을까.

아내의 치매를 통해 다시 이루어진 커플.

잃는다는 것은 두렵고 고통스럽다.

하지만 잃은 것을 되찾기 위해 쫓아가는 것이 아니라, 지금 내가 가진 것, 할 수 있는 것에 눈을 돌려보면, 전혀 새로운 것이 보이고 이토록 아름답고 찬란한 시간을 만들 수 있다.

눈앞의 두 분이 그것을 나에게 증명해 보이며, 따스하게 등 두드려 주는 것처럼 느껴졌다.

연주가 끝나고 오구니 씨가 나에게 다가왔다.

"나오 씨, 이거 저 사모님께 전해주세요."

그가 들고 온 것은 아까 내가 들고 왔던 기념품이다.

손님들의 박수 속에서 아내분에게 선물을 건네자, 그녀는 수줍은 듯 웃으며 받아주셨다.

박수 몇 번으로는 전할 수 없는 오늘의 감동과 감사의 마음을, 짧은 몇 마디지만 직접 전할 수 있어서 행복했다.

그때 아내분의 아름다운 얼굴은 지금도 잊을 수가 없다.

레스토랑을 나오는데,

"나, 오늘 들은 〈아베 마리아〉는 평생 잊지 못할 것 같아."

지카가 레스토랑 건물을 돌아다보며 말했다. 가게 안은 여전히 분주하고, 창문으로 손님들과 스태프들의 즐거운 웃음소리가 들려온다.

밖에는 순서를 기다리는 사람들이 길게 서 있다.

"나오, 오늘 여기 데려와 줘서 정말 고마워. 정말 멋진 레스토랑이었어."

"응, 나도 기분 좋아. 식사도 맛있고 연주도 정말 멋있었고."

"맞아……. 그런데 말이야, 한 가지 마음에 걸리는 것이 있어."

"응? 뭔데?"

"사실은, 피자를 시킬까 햄버그스테이크를 시킬까, 너무 갈등

이 되는 거야. 피자를 시켰는데, 역시나 햄버그스테이크로 잘못
나왔더라고. 그런데 정말이지 너무 맛있었거든. 그럴 줄 알았으
면 잘못 나왔을 때 '어?'라고 놀라지 말았어야 했어. 잘못 나왔다
는 표현을 하면 안 되는 건데."

그때 레스토랑 밖에서 손님 응대를 하고 있던 오구니 씨가 말
했다.

"괜찮아요, 괜찮아. 말을 하든 하지 않든 아무래도 상관없어요.
우리가 손님들에게 강요하거나 요구할 일은 없으니까요……. 그
저, 실수를 할지도 모르니까 이해만 해 주시길 바라는 거죠."

우리는 다시 레스토랑을 바라보았다.

"역시 최고의 레스토랑이네."

story 13

홀 이야기
누구나 환영받는 장소

•

from. 프로젝트 스태프 오구니 시로

"어서오세요."

나중에 들은 이야기지만, '주문을 틀리는 요리점'이 오픈하고 첫 번째 손님들이 들어온 순간, 이날을 위해 전력을 다했던 기무라 씨는

'이대로는 안 돼!' 하는 생각이 들었다고, 후에 말해 주었다.

그도 그럴 것이, '주문을 틀리는 요리점'을 기획하고 도와준 실행위원도, 지원을 해준 간병 시설 직원들도, 직접 식당을 운영해 보았다거나 본격적으로 일을 했던 사람은 거의 없었기 때문이다.

당장 들이닥친 손님들 앞에서 치매를 앓고 있는 어르신들은 물론이고 스태프들도 허둥지둥거릴 뿐이다.

초조와 불안이 몰려오는 순간, 기무라 씨의 음성이 들려왔다.

"1번 테이블로 안내하세요."

"물을 가져다 드리세요."

오로지 의지할 데라고는 기무라 씨뿐. 하느님, 부처님, 기무라
님.

이렇게 번갯불에 콩 구워 먹듯 정신없이 지시를 받아가며 '주문
을 틀리는 요리점'은 결국 시작되었다.

사실 애초부터 손님맞이 준비를 사전에 할 수 없는 사정이 있
었다.

누가 이 곳에서 일을 하게 될지, 당일 아침까지 확실하지가 않
았던 것이다.

와다 씨와 직원들이 치매 어르신들의 당일 컨디션을 보고 판단
을 내려야 하는 상황이었기 때문이다.

게다가 설령 어떤 분이 참가한다고 결정되어 있어도 "사전에 이
것저것 가르쳐 드리고 연습을 한다는 것은 의미가 없어요. 돌아서
면 잊어버리실 테니까, 하하하." 와다 씨의 말대로였다.

간병 시설분들도 간병이나 지원에 있어서는 프로지만, 음식점
서비스에 관한 한은 어디까지나 초보다.

결국 몸으로 직접 부딪치는 수밖에 없다.

하지만 그래도 명색이 레스토랑.

기무라 씨의 도움으로 해야 할 일은 세심하게 주의를 기울이며 진행해 나갈 수 있었다.

특히 신경을 썼던 것 중 하나는, 서빙을 하는 치매 어르신들의 위생 상태다.

당일 아침, 어르신들이 레스토랑에 도착하자,

"여러분, 우선 손을 깨끗이 씻으세요."

하고 세면대로 안내를 했다.

손톱까지 일일이 씻게 하고 알코올로 소독을 한다. 머리가 긴 분은 깔끔하게 묶어주었다.

"자, 이것도 입으세요."

나누어 준 것은 오늘을 위해 제작한 앞치마.

본인들이 직접 다림질을 해서 입도록 했다.

그날, 모든 스태프들은 아침부터 너무 바빠서 지나가는 고양이 손이라도 빌려야 했을 정도였기 때문에, 자기 앞치마를 자기가 다려서 입을 수 있다는 것만으로도 훨씬 일을 덜 수 있었다.

어르신 모두 시설에서 매일 빨래를 하고 다림질도 하고, 식사 준비도 한다.

그렇기 때문에 큰 문제없이 오히려 우리보다 더 깔끔하게 준비를 마쳤다.

그 모습을 보고 놀라자, 시설 직원들이 당연하다는 표정으로 이렇게 말했다.

"나이를 드시는 만큼 요령이 생기거든요. 기억력은 약해져도 몸이 기억하고 있는 건 아주 많아요."

말 그대로다.

실행위원 멤버 중에는 지금껏 치매 환자들을 접해 본 경험이 거의 없는 분도 있다. 이렇게 실제로, 그것도 눈앞에서 직원들과 대화하는 모습을 보기도 하고 직접 이야기도 나누다 보니 그들을 확실히 이해할 수 있게 된 것 같았다.

'아, 할 수 있는 일이 있어서 다행이다.'

물론 여러 가지로 배려를 해야 하는 상황도 있다.

하지만 간병 현장 전문가들이라면 척척 할 수 있는 일도, 우리 같은 초보자들로서는 어렵기만 하다.

그렇다면,

'뭐라도 좀 해 드려야……' 하고 초조해하기보다, 계속 대화를 나누다 힘들어 보일 때 도와주면 된다.

깜빡 잊었다거나 실수를 했을 때 "이렇게 하면 어떨까요?" 하고
제안을 해도 좋고, 그냥 지켜보고만 있어도 괜찮다.

나중에 정 안 되면 함께 웃고 즐기기만 해도 좋을지 모른다.

그런 생각이 들었다.

그러는 사이 '주문을 틀리는 요리점'은 점점 손님들로 북적이
기 시작한다.

"주문하시겠습니까?"

데쓰 씨가 주문을 받으러 손님 테이블로 향했다.

"물만두랑 햄버그스테이크 주세요."

"물만두랑…… 뭐였더라?"

"햄버그스테이크요."

"아, 햄버그스테이크. 맞아요. 그럼 음, 물만두랑……?"

데쓰 씨는 주문표를 보면서 고개를 갸우뚱거리고 있었다.

"네, 햄버그스테이크요."

"하하하, 또 깜빡했네요."

"하하하."

나는 홀에서 눈을 떼지 못하고 있었다.

거기에는 정말 많은 사람들이 모여 있었다.

어른과 아이, 남자와 여자, 장애를 안고 있기도 하고 병을 앓고 있기도 하고, 치매를 갖고 있기도 한…… 다양한 배경을 가진 사람들이 모여 맛있게 식사를 하며 함박웃음을 꽃피우고 있었다.

특히 인상에 남았던 것은, 미카와 씨 부부의 연주가 시작되자 홀 서빙을 하던 어르신들이 일을 멈추고 의자에 앉아서 연주에 귀를 기울이는 모습이다.

그 당당한 모습을 보고 있자니 온몸에 소름이 돋는 것 같았다.

'누구든지 그곳에서 함께할 수 있다'는…… 다소 과장된 표현일지도 모르지만, 어쨌든 그곳에는 자유로운 분위기가 흘러넘치고 있었다.

오픈 전날 아침, 모두가 다짐한 것이 있었다.

일하는 사람도, 손님도, 우리도 '하길 잘했다'고 웃으며 돌아갈 수 있는 레스토랑을 만들자고.

여전히 손님들의 발길이 이어지고 있다.

'주문을 틀리는 요리점'은 이제 막 시작되었다.

제**2**부

요리점을
만들면서

아주 보잘것없는
일상의 풍경

•

—— **어쩔 수 없는 이유에서**

솔직하게 고백한다.

'주문을 틀리는 요리점'을 처음 떠올린 2012년 무렵의 나는, 치매에 관한 지식은커녕 관심을 가져본 적도 없었다.

주변에 치매를 앓는 분들이 없었다는 것이 나름의 변명이 될지도 모른다.

방송국 PD로서 수많은 현장을 취재하며 다녔으면서도, 치매 관련 프로그램은 한 번도 생각해 본 적이 없었다.

그런 내가 '주문을 틀리는 요리점'을 열게 되었다는 자체도 신기한데, 그 계기라는 것도 무슨 거창한 게 아니라 어쩔 수 없는 이유 때문이었다.

나는 그 무렵 아주 곤란한 상황에 있었다.

사연인즉슨, 어떤 현장을 한 달 정도 장기 취재하고 있었는데 갑자기 촬영에 문제가 생겨서 방송사고가 날 상황이 벌어진 것이다.

정말이지 일생일대의 위기였다. 나는 필사적으로 다른 취재 현장을 찾아 돌아다녔다.

그 모습을 본 동료 하나가 '이 사람 어때?' 하고 소개해 준 사람이, 바로 치매 시설 관련 일을 하고 있던 와다 유키오 씨였던 것이다.

—— **맥 빠질 정도로, 지극히 평범한 광경**

와다 씨의 현장은 나고야에 있었다.

그는 수도권을 중심으로 스무 곳이 넘는 간병 시설을 총괄하는 매니저로, 나고야에 있는 그룹 홈은 아직 개설한 지 한 달밖에 되지 않아 거의 더부살이를 하고 있는 수준의 현장이었다.

와다 씨로부터는 사전에 '시설이 막 오픈된 탓에 입주자분들이 환경에 익숙하지 않아서 여러 가지 어려움이 많다'는 이야기를 들었을 뿐이다.

'뭐 그래도 괜찮으시다면 취재 오셔도 좋습니다'라는 말에, 오히려 취재를 가는 나의 긴장감이 더 고조되어 있었다.

그도 그럴 것이 나로서는 인생 최초로 치매와의 조우가 아닌가. 다르게 표현하자면 말도 통하지 않고 사정도 전혀 알지 못하는 외국으로 떠나는 느낌이랄까.

하지만 방송 펑크를 낼 수는 없었기 때문에 선택의 여지가 없었다.

'할 수 없지!' 각오를 하고 취재를 시작했는데…… 의외의 일 연속이었다.

그곳에는 잔뜩 긴장하고 찾아간 사람의 맥이 빠질 정도로 지극히 평범한 광경이 펼쳐져 있었다.

청소를 하고, 빨래를 하고, 화기애애하게 요리를 하고.

조금 있자니, 약 700미터 떨어진 시장에 그날 저녁 찬거리를 사러 나갔던 할머니들이 돌아왔다. 오늘은 무얼 만들까, 아니야 그건 별로야, 왁자지껄 이야기꽃이 피어나고 있다.

나는 멍하니 입을 벌린 채 그 모습을 바라보고 있었다.

취재 전까지만 해도 치매라고 하면 머릿속에 떠오르는 이미지
는 아주 부정적인 것들이었다.

거의 기억을 잃고, 자꾸 집을 나가거나 가끔은 폭언을 하고 심
지어 환각 증세도 나타나는.

어쨌든 정말 무섭고 슬픈 병이라는 인식이 있었다.

좀 더 솔직하게 고백하면, 치매 환자는 '무슨 짓을 할지 모르는,
약간 위험한 사람들'이라는 느낌조차 있었다.

── 이 또한 현실입니다

취재를 시작하고 며칠이 지나자 치매의 여러 가지 면들도 눈
에 들어왔다.

어르신들이 우리 촬영팀의 얼굴을 기억 못하는 것은 당연지사
고, 매일 만나는 와다 씨에 대해서도,

"처음 보는 사람이네. 이름이 뭐요?" 하고 물어보기 일쑤다.

촬영을 위해 시설에 가면 경찰차가 와 있기도 했다.

여든 되신 할머니의 행방이 아침부터 묘연하다는 것이다.

와다 씨가 총괄 매니저로 있는 시설은 야간을 제외하고는 문을 잠그지 않기 때문에, 기본적으로 사람들의 출입이 자유롭다.

물론 입주자들이 외출할 때 직원들이 동행하기도 하고, 문이 열리고 닫힐 때마다 알려주는 장치를 달아놓는 등 나름의 안전 대책이 갖춰져 있기는 하다. 그런데 그날은 아침 식사 후 잠깐 눈을 돌린 사이에 할머니 한 분이 밖으로 나가버렸다는 것이다. '시설 오픈 직후라서 여러 가지 어려움이 있어요'라고 했던 와다 씨의 말이 이해가 갔다.

'말도 안 되는 일이 벌어졌네' 하는 생각이 들었다. 어르신 한 사람의 생명이 위험에 처할 수도 있는 일이 아닌가.

이대로 계속 카메라를 돌려도 될까, 우리 촬영팀은 고민에 빠졌다.

하지만 와다 씨가 우리의 걱정을 불식시켜 주었다.

"이런 사태를 초래한 저야말로 전문가로서 자격 상실입니다. 하지만 모든 것을 찍어 주세요. 이 또한 간병 세계의 현실이니까."

그는 이미 각오가 되어 있었나 보다.

—— '평범하게 살아가는 모습'을
지키기 위하여

와다 씨가 간병 의료 세계에 막 입문했던 1980년대.

치매에 걸리면 몸을 침대나 의자에 묶어놓기도 하고, 방이나 시설에 가두어 두는 등 행동이 제한받는 것은 어쩔 수 없다고 생각하던 시절이었다.

그런 상황에 의문을 갖고 있던 와다 씨는 '사람으로서 평범하게 살아가는 모습을 유지하게 해 주는' 간병을 목표로 꾸준히 싸워왔다고 말한다.

"간병이란 그 사람이 가지고 있는 힘을, 살아가는 것뿐 아니라 그 이상으로 필요한 곳에 이끌어낼 수 있도록 해 주는 일이라고 생각합니다. '마지막까지 온전한 사람으로서 살아가고 싶다', 사람은 누구나 자신이 가지고 있는 힘으로 살아가고, 더 이상 그 힘을 스스로 주체하지 못하게 되면 치매가 되는 거지요. 그렇기 때문에 사용할 수 있을 만큼 사용할 수 있도록 응원해 주는 것이 내가 할 일이 아닐까요."

그렇기 때문에 와다 씨의 시설에서는 스스로 할 수 있는 일은 대부분 각자 알아서 한다. 칼을 들고 불을 사용해서 요리를 하고 빨래와 청소를 하고, 마을로 쇼핑이나 산보를 나간다.

물론 나이 든 어르신들은 완벽하지 않기 때문에, 상처를 입거나 사고를 당할 가능성에 늘 노출되어 있다. 바로 그런 점 때문에 어르신들 각각의 치매 정도나 신체 능력을 정확히 파악하면서 전문가인 우리가 계속 지원을 하고 있는 것이다.

그것이 와다 씨의 신념이자 각오였다.

──── 방황과 갈등으로 흔들리지 않도록

행방불명이 된 할머니를 찾아 함께 헤맨 지 7시간.

아무래도 이 시점에서 물어보지 않으면 안 될 것 같은 질문을 와다 씨에게 던졌다.

"이런 사태를 초래하면서도 시설의 문을 걸어 잠그지 않으실 겁니까?"

그러자 와다 씨는,

"전혀 그럴 생각 없습니다. 24시간 365일 잠그지 않을 거예요. 물론 문을 걸어 잠그면 두 번 다시 이런 일은 없겠지요. 하지만 그런 쪽으로는 전혀 생각이 없어요."

한 치의 망설임도 없이 대답하는 것이었다.

나는 다시 물었다.

"전혀 갈등이 안 되신다고요?"

그러자 와다 씨는 잠시 머뭇거리더니,

"갈등하지요. 늘 흔들리고 있어요."

와다 씨에게도 흔들림과 갈등은 있다.

자신이 하는 일이 이기적이지는 않은지, 억지로 밀어붙이고 있지는 않은지. 계속 자문자답하고 있다고 했다.

그럴 때마다 그는 자신에게 이렇게 말해 왔다고 한다.

"치매 환자는 평생 자신의 의사대로 행동에 옮기는 것을 억제당해 온 역사 그 자체인 거지. 하지만 인간이 왜 멋진 존재인가. 자신의 생각을 행동으로 옮길 수 있다는 것이 얼마나 멋진 일인가. 인간이, 자신의 뇌가 무너졌다고 해서 그 사람에게 가장 멋진 것을 빼앗으려고 해서는 안 된다. 최대한 그것을 지켜주는 것, 그 역할을 해 주어야 한다고 생각해."

할머니의 행방이 묘연해진 지 15시간.

경찰서에서 무사히 찾았다는 연락이 왔다. 옛날에 자주 참배를 갔던 아쓰다 신궁에 가고 싶어 무작정 걸어가다 보니, 길을 잃었다는 것이다.

—— 치매 환자이기 전에, 사람이잖아요

취재를 시작한 지 얼마 지나지 않았을 무렵 와다 씨가,
"간병 시설을 세운다는 것이 얼마나 힘든지 알겠죠?"
하고 물어온 적이 있다.

나는 이 말이 분명 비용에 대한 이야기인 줄 알았는데, 그게 아니라 지역주민이나 행정단체들의 이해를 얻는 것이 가장 힘들다고 한다.

"치매 노인들이 마을을 걸어 다니는 것은 위험해."

"치매 환자한테 요리를 시키다가 불이라도 나면 어쩌려고."

이런 반대 의견이 연신 나오기 때문에, 시설을 세울 때에는 먼저 정중하고 또 정중하게 설명을 하고 이해를 구해야 한다는 것이다.

나는 '주민들이 불안해하는 마음도 이해가 가는데……'라고 생각했다. 그런 나의 마음을 꿰뚫었는지, 와다 씨는 "오구니 씨, 저기 말이에요" 하고 말을 시작하더니 계속 이어갔다.

"치매 환자이기 전에, 사람이잖아요."

한 방 제대로 얻어맞은 것 같은 충격이었다.

그런 시각이 내 안에는 전혀 없었기 때문이다.

그때 와다 씨는 '치매 환자 오구니 씨', '오구니 씨는 치매 증세가 있다' 이 두 가지 표현은 전혀 의미가 다르다는 것을 알려주고 싶었던 것 같다.

솔직히 말해서, 나는 그룹 홈에서 생활하는 노인분들을 '치매 환자 누구누구'라는 식으로 보아왔다.

누구를 보아도 마찬가지다. 한데로 뭉뚱그려서 '치매 환자들'이라고 여겨왔다.

왜 그렇게 되었을까 곰곰이 생각해 보았는데, 아마도 그것은 '치매'라는 말을 어설프게 알고 있었기 때문인 것 같다.

──── **그 사람이 그 사람이라는 사실은 변함이 없다**

'치매'라는 단어를 모르는 사람은 거의 없으리라.

나도 당연히 이 말을 알고 있다.

하지만 이렇게 대충 알고 있다는 느낌이 정말 위험한 것이다.

'치매란 이런 거야' 하고 막연히 알고 있는 것처럼 보이지만, 내가 '대충 알고 있는' 이미지 때문에 더 이상 앞으로 나아가지 못하는 것이다.

반면에 와다 씨는 치매를 벌레가 달라붙어 있는 것에 비유한다. 사람에게 치매란 벌레가 달라있는 것일 뿐, 그 사람이 그 사람인 것은 변함이 없다. 거기에서 시작하라고.

와다 씨에게 배우고 난 후 다시 그룹 홈을 바라보자 정말로 그렇게 보였다. 깜짝 놀랐다.

운동신경이 좋고 늘 생기발랄한 사람도 있는가 하면, 요리를 잘해서 멋진 칼 솜씨를 보여주는 분도 있다.

말을 잘해서 사람들을 늘 웃게 해 주는 분도 있고, 야한 농담을 좋아하는 사람도 있다.

거기에 치매라는 병이 붙어있기 때문에 조금씩 정상 범위에서 벗어나는 것이다.

건망증이 심한 사람도 있는가 하면, 무조건 밖으로 나도는 사람도 있고 폭언을 일삼는 사람도 있다.

그러나 백이면 백 언제나 늘 그런 상태인 것은 아니다.

그런 성향이 조금씩 보이기는 하지만, 이를테면 치매라 해도 단색이 아니라 사람들 저마다 다른 색깔과 명암이 있다는 것을 알게 된다.

'치매 환자이기 이전에, 사람.'

와다 씨는 이 사실을 지역 주민이나 행정 단체에 거듭 알리면서 조금씩 협력의 범주를 넓혀온 것이다.

—— **골칫덩어리에서 '어, 보통 사람이네'**

앞에서도 잠시 언급했듯, 이곳 그룹 홈에서는 매일 700미터 떨어진 시장까지 대여섯 명이 함께 장을 보러 간다.

나는 그분들을 따라 장에 가는 것이 정말 좋았다.

채소 가게, 생선 가게, 반찬 가게에 철물점까지. 길게 늘어서 있는 시장에서 어르신들의 표정을 들여다보면, 어디서나 볼 수 있는 보통 주부의 모습 그 자체다.

사전 정보가 없었다면 누가 치매 환자인지 전혀 알 수 없을 것 같다.

거리에 녹아드는 이 느낌이 참 좋다, 생각하면서 그들을 바라보고 있었다.

물론 그렇게까지 될 수 있는 것은, 와다 씨가 사전에 시장 사람들에게 정확하게 설명을 한 덕분이지만, 시장 측도 흔쾌히 받아들여 주었기 때문에 어르신들이 치매를 앓기 전과 변함없는 모습으로 살아갈 수 있는 것이다.

시장 사람들에게 인터뷰를 해 보았더니, 처음에는 '괜찮을까', '괜히 성가시네'라는 생각이 들었다고 한다. '위험한 사람들이 우리 동네에 오는군' 이런 생각을 한 사람도 있었다.

하지만 와다 씨와 직원들의 보살핌을 받으며 어르신들이 평범하게 장을 보는 모습을 보고, '어? 우리랑 똑같은데?'라고 생각하게 되었다고 한다.

'위험한 사람들'로 여겼던 치매 환자들을 '아, 보통 사람이구나'로 받아들이게 된 것이다.

이 사실이 너무나 흥미로웠고, 바로 거기에서 어마어마한 힌트를 얻게 되었다.

—— 언젠가 꼭 '주문을 틀리는 요리점'을
    만들어 보리라

주문을 틀리는 요리점이라는 콘셉트를 떠올린 직접적인 계기는 햄버그스테이크가 물만두로 둔갑한 해프닝이었다.

그러나 그 이전에 보았던, 너무도 당연하다 싶은 풍경이 발상의 원천이 되었다는 사실만큼은 틀림없다.

그날의 일등공신은 뭐니 뭐니 해도 눈앞에서 만두를 볼이 터지도록 맛있게 드시던 할아버지와 할머니들이다.

그런 일상의 모습이 나에게는 잊을 수 없는 강렬한 '삶의 풍경'이 되었다.

나 역시 만두를 다 먹었을 즈음에는, 햄버그스테이크가 만두로 뒤바뀌었다는 것 따위 까맣게 잊어버리고 있었다.

언젠가는 꼭 '주문을 틀리는 요리점'을 만들어 보리라.

불과 한 달 전만 해도 치매의 'ㅊ'도 몰랐던 나는, 배가 덜 찼는지 연신 젓가락을 물고 있는 할머니를 보면서 그렇게 다짐했다.

무언가를 잃고
무언가를 얻다

•

—— **앞으로 어떻게 될지 아무도 모른다**

'주문을 틀리는 요리점' 프로젝트를 본격적으로 시작한 것은
2016년 11월 무렵이다.

그 계기는 어떤 개인적인 사건에서 비롯되었다.

2013년 4월.

나는 갑자기 심실빈맥이라는 병을 앓게 되었다.

퇴근해서 돌아오는 길, 갑자기 심장박동이 빨라지면서 호흡 곤
란 증상이 일어났다.

땀이 비 오듯 흐르고 시야가 좁아지더니 급기야 눈앞이 캄캄해졌다.

큰일이다. 위험을 직감하고 허둥지둥 구급차에 올랐다.

일시적인 호흡곤란이 있었지만 집중 치료실에서 하룻밤 지내고 나니 평소 컨디션을 되찾을 수 있었다.

이런 적이 한 번도 없었기 때문에 적잖이 충격을 받았다.

그런데 그보다 더 충격이었던 것은,

"언제 또다시 이런 증상이 나타날지 모르니, PD 일은 그만두시는 게 좋을 것 같습니다"라는 의사의 설명이었다.

하긴 발병 직전까지 한 달 반 정도 중국 사천성에 머물면서 촬영을 했었고, 차후에도 해외를 비롯한 여러 곳을 취재하기로 스케줄이 잡혀 있었다.

장소에 따라서는 증상이 나타났을 때 뛰어갈 병원조차 없는 경우도 있다.

이번에는 운 좋게 살았지만, 지금처럼 PD를 계속하다가는 어떤 일을 당하게 될지 누구도 모른다는 것이다.

—— **지금이다! 그래, 지금이야!**

나는 TV 프로그램 제작이 너무 좋다.

내가 미처 몰랐던 세계나 정보를 직접 접하면서 많은 사람들에게 전달할 수 있는 이 일에 보람을 느꼈고, 그래서 모든 에너지를 여기 쏟아부으며 살아왔다.

그런데 그런 일을 그만두지 않으면 안 되는 사태가 급작스럽게 닥치고 만 것이다.

고민은 이루 말할 수 없었다.

회사 책상에 앉아있으면 동료도 상사도 상냥하게 대해준다.

하지만 왠지 움츠러든다고나 할까, 프로그램을 만들지 못하는 PD는 존재 의미가 없다는 생각에, 미안한 마음이 몰려왔다.

한 달 정도 지나자 그런 나 자신에게 화가 나기 시작했다.

'나는 언제까지 비극의 주인공을 연기하고만 있어야 하지?' 하고 비참한 기분이 드는 한편으로, 이것 말고도 할 수 있는 일이 있으리라는 생각이 들기 시작했다.

나에게는 원래 하고 싶은 일이 있었다.

다름 아니라, '방송이 갖는 가치를 끝까지 찾아내어 사회에 환원한다'는 것이다.

취재를 다니다 보면 다양한 정보를 얻을 수 있고 인맥도 늘어난다.

그런데 정작 프로그램에 활용하는 것은 극히 일부분. 99퍼센트는 그대로 묻혀버리는 느낌을 지울 수 없었다.

그리고 방송은 일단 나가게 되면 그것으로 끝이다. 같은 PD가 같은 테마로 프로그램을 다시 만들 확률은 거의 없다고 보아야 한다.

결국 99퍼센트의 정보와 인맥이 재생될 가능성은 제로에 가까운 것이다. 늘 무언가 아쉽고 아깝다는 생각을 하면서 PD 생활을 해 왔다.

언젠가는 그런 삶을 청산하리라, 언젠가는, 언젠가는……. 그런데, 지금이다! 바로 지금이다!

—— '프로그램 제작을 안 하는 PD' 탄생!

마음이 홀가분해진 나는 활동을 개시했다.

먼저, 사내 '국내 파견'이라는 제도를 이용해서 대기업 광고에 이전시에 9개월 과정 연수를 신청했다. 광고나 PR이라는 수법을 활용하여 최대한 많은 사람들에게 상품이나 서비스의 가치를 전달하는 일은 그야말로 신선함 자체였다.

방송국에 있을 때는 아무것도 하지 않고 가만히 있어도 내가 만든 프로그램이 전파를 타고 수많은 사람들에게 전달된다. 그리고 그것이 당연한 것으로 여겨졌다.

그러나 이 세상 대부분의 상품이나 서비스는, 침묵하고 있으면 아무도 알아주지 않고 사라져버린다. 말하자면 '드넓은 사막에 간판을 세우고 있는 상태'인 것이다.

그렇기 때문에 기업이나 광고 에이전시는 전략을 세우고 온갖 방법을 동원하여 서비스나 상품의 가치가 사람들의 입소문을 탈 수 있도록 필사적으로 노력한다. 이 당연하다면 당연한 감각이, 정작 방송국 전문가인 나에게는 완전히 결여되어 있었다는 사실을 깨달았다.

바꿔 말해, 이 감각을 갖고 있다면 더욱더 많은 사람들에게 좋은 정보를 전달할 수 있지 않을까.

9개월의 연수를 마치고 광고 에이전시에서 돌아와서는 프로그램 광고 사이트를 만들기도 하고 스마트폰 애플리케이션을 만드는 등, 지금까지 해 왔던 TV 프로그램과는 전혀 다른 방식으로 정보에 접근하고 또 전달하는 프로젝트를 20~30개 정도 진행했다.

언제부터인가 나는 방송국 안에서 '프로그램을 제작하지 않는 요상한 PD'로 인식되기 시작했고, 급기야는 전용 부서까지 생겼다.

심장병 때문에 프로그램을 만들 수 없다는 비탄에 젖어서 지내다가, 오히려 그 덕에 전혀 새로운 길을 개척할 수 있게 된 이 상황이 신기할 정도였다.

연이어 몇 개의 프로젝트가 일단락된 2016년 가을, '주문을 틀리는 요리점'이 문득 떠올랐다.

아, 드디어 그때 생각했던 '언젠가'가 된 것인가!

순수하고 멋진
동료들을 모으자!

•

── '일'이 아니라서 잘 되는 것

당연한 이야기지만, 새로운 프로젝트를 실행에 옮길 때 가장 필요한 것은 함께 일해 줄 동료다.

무엇보다 '주문을 틀리는 요리점'은 5년 동안이나 간직해 온 소중한 기획이다(중간에 본의 아니게 잊고 있었던 시기도 있었지만……).

그렇기 때문에 동료를 모으는 일은 어느 때보다 신중해야 했다. 그런데 생각지도 않게, 그것도 순식간에 최고 클래스의 멤버들이 모이게 된 것이다.

그 이유는 몇 가지로 생각해 볼 수 있는데, 가장 큰 이유는 이 기획이 '업무의 연장'이 아니기 때문인 것 같다.

그렇다 하더라도 그것을 처음부터 의식하고 있었던 것은 아니다.

그도 그럴 것이, 방송국 PD가 어느 날 갑자기 '레스토랑을 만들고 싶다!'고 하면 회사 사람 누가 이해를 하겠는가.

그렇다면 업무가 아닌 개인적인 프로젝트로 진행해 나가는 수밖에 없다.

그 정도로 재미 삼아 시작해 본 일이다.

—— **함께할 사람에게 바라는 '세 가지 조건'**

하지만 그렇기 때문에라도 동료를 모으는 일은 더욱더 중요한 부분이 되었다.

왜냐하면 이 일은 어떤 의무감이나 강제성도 없기 때문에 완전히 자유로운 상태에서 동료를 찾아야 하기 때문이다.

'가능하면 사내 디자인을 한번 활용해 보기 바란다'거나 '저쪽 관계사 사람을 만나보는 것이 더 저렴하지 않겠나' 하는 식의, 얽

매이지 않아도 되는 상황 자체는 마음 편했다.

하지만 나에게 있는 것이라고는 '주문을 틀리는 요리점'이라는 아이디어뿐이다.

이 아이디어를 최고의 퀄리티로 실현하리라는 목적 하나만 바라보기로 했다.

다른 것은 일절 생각하지 말고, 이 일에 필요한 동료들 모으는 일에만 집중하자고 마음먹었다.

그리고 나의 동료가 되었으면 하는 사람의 조건을 세 가지로 정리해 보았다.

① 100퍼센트 즐겨줄 사람

② 내가 할 수 없는 일을 할 수 있는 사람

③ 자신의 이익을 포기할 수 있는 사람

—— **모든 것은 '프로젝트 성공'을 위하여**

① 100퍼센트 즐겨줄 사람

정말 중요한 조건이다.

많은 사람들과 '주문을 틀리는 요리점' 이야기를 해 보면 반응이 두 가지로 나뉜다.

하나는 '재미있겠다!'는 반응, 또 하나는 '좀 더 신중해야 하지 않을까'.

특히 '신중론'에 대한 생각은 나도 지금까지 여러 차례 사회문제를 취재하면서 나름 진지하게 느꼈던 부분이다.

다시 말해 '주문을 틀리는 요리점'이라는 기획이 치매 환자를 '구경거리', '웃음거리'로 만들 가능성이 있기 때문에 '신중하라'는 반응이 나오는 것이다.

물론 나 자신조차도 '다시 신중하게 생각해야 할까……?' 생각도 해 보았다.

하지만 이번만큼은 '신중하자는 말은 금지!' 하고 싶었다.

'신중하자'고 말하기는 쉽지만, 거기서 안주해 버리면 사고는 더 이상 전진할 수 없다.

세상을 바꾸고 싶다면서, 신중함을 넘어 저 건너편 세상으로 가 보지 않는다면 아무것도 이룰 수가 없는 것이다.

'신중해야 하기는 하지만, 재미있을 것 같은데.'

아무 거리낌 없이 빙그레 웃어주는 사람을 동료로 삼고 싶었다.

② 내가 할 수 없는 일을 할 수 있는 사람

'주문을 틀리는 요리점'을 열어보기로 마음먹었을 때, 나는 내 힘으로 할 수 없는 일을 열거해 보기로 했다.

〈영웅전〉을 읽어봐도 그렇고, 〈루팡 3세〉 같은 애니메이션을 보아도, 팀을 편성할 때는 각자의 전문 분야가 겹치지 않아야 한다.

내가 할 수 없는 일 리스트

디자인

해외 업무

IT

자금 조달

치매에 관한 지식 · 간병 기술

요리 및 레스토랑 운영

이렇게 보니 내가 할 수 있는 일이라고는, 내 힘으로 할 수 없는 일을 열거하는 정도뿐이라는 것을 적나라하게 깨달았다.

어쨌든 '주문을 틀리는 요리점'을 열기 위해서는 이렇게나 많은 인재들이 필요했다.

더욱 중요한 것은 이들이 각각의 분야에서 초일류 인재여야 한다는 점이다.

나는 애초부터 이 미션을 혼자 짊어질 생각은 없었다.

내가 할 수 없는 일은, 그것이 가능한 일류 인재에게 맡기면 된다. 그것이 이 프로젝트를 성공으로 이끌 수 있는 지름길이라고 생각했기 때문이다.

③ 자신의 이익을 포기할 수 있는 사람

마지막 조건은 한눈에 알아보기는 어렵지만, 이 부분을 놓치면 프로젝트 자체를 실패할 수도 있다.

스스로 회사 일과 완전히 분리된 개인적인 프로젝트라고 마음을 정했기 때문에 '주문을 틀리는 요리점'으로 돈을 벌 생각도 없을 뿐더러, 이 기획을 우리 방송국 독점 프로그램으로 내보낼 생각 자체도 아예 없다.

하지만 다른 사람들은 어떨까?

이번 기회에 일확천금을 노린다거나 업계에서 자신의 이름이나 회사 이름을 알리고 싶어할 수도 있다. 그런 생각 자체를 나쁘다고 할 수는 없지만, 지금 우리가 왜 모이려고 하는가? 그 부분으로 돌아가면, 순수하게 '주문을 틀리는 요리점'의 실현 자체만을 위해 모이기를 바랄 뿐이었다.

그런 상황에서 자신의 이익을 전면에 내세우는 사람이 있다면 팀의 존재 자체가 위협을 받게 될지도 모른다. 특히 이런 자원봉사 성격이 강한 프로젝트는 더욱더 그렇게 될 위험성이 크다.

그렇기 때문에 설사 처음 속내는 자신의 이익을 쫓고 싶더라도, 마지막에는 '팀의 목적을 위해 이익을 버려야지, 까짓것!' 하는 순수한 사람들을 만나고 싶은 것이다.

──── **결집! 최고의 멤버들**

동료의 세 가지 조건이 명확해지자, 제안을 건네 보고 싶은 사람 역시 자연스럽게 머리에 떠올랐다.

디자인 & 해외 업무

지카야마 사토시(近山知史. TBWA\HAKUHODO) 씨는 해외에서도 다수의 광고상을 수상한, 업계에서는 이미 유명세를 떨치고 있는 인물이다. 그를 '멋지다'라고 느끼게 된 계기는 휠체어 프로모션에 관한 이야기를 열정적으로 토해내던 모습을 보고나서다.

회사 매출 순위로는 크게 주목받지 못하는데도, 휠체어 프로모

선에 대해 그토록 열변을 토하는 마인드에 반해 버렸다고나 할까.

더군다나 지카야마 씨가 체험한 패스트푸드점 이야기도 결정적이었다.

그 매장은 연세가 있는 어르신들을 적극적으로 고용하고 있으며, 그분들이 손님을 맞이하는 모습이 너무도 따뜻하고 편안하다는 평을 받고 있다는 것이었다.

지카야마 씨는 그 패스트푸드점을 너무 좋아해서 자주 들르곤 하는데, 이따금씩 주문한 메뉴와 다른 것을 내놓기도 한다고 한다.

그때는 아무 생각 없이 '이거 아닌데요' 하고 교환을 받았지만, 그 일이 지금까지도 후회스럽다고 했다.

이 이야기만으로도 그의 됨됨이를 알 수 있었다.

뿐만 아니라 나는 '주문을 틀리는 요리점' 콘셉트를 해외에도 알리고 싶었기 때문에, 외국자본 계열의 기업을 고객으로 많이 확보하고 있는 TBWA\HAKUHODO의 지카야마 씨가 적임자라고 생각했던 것이다.

과연 그에게 '주문을 틀리는 요리점' 이야기를 들고 갔더니, 조금의 망설임도 없이 '합시다'라고 답을 주었다.

미디어

이와 관련해서는 오카다 사토시(岡田聡, Yahoo! JAPAN) 씨를 찾았다.

오카다 씨는 일본 최대 포털 사이트인 'Yahoo! JAPAN'의 전체 편집 책임자로, 미디어 사업부 매니저로 활동하고 있는 인물이다.

어마어마하게 대단하고 독특한 분일 거라고 생각했는데 막상 만나서 대화를 하다 보니 전혀 그런 느낌이 없다.

2016년 리우 패럴림픽 대회 당시, 시청자들이 너무 관심이 없다고 내가 한탄하자 사이트 안에 있는 미디어들을 동원해 장애인 올림픽에 대한 이야기를 전 세계에 퍼져나갈 수 있도록 장치를 걸어준 적이 있다.

실천력 강한 '현장 사람'이라는 인상을 받았다.

'그런 오카다 씨라면 분명히……'라는 생각으로 자리를 마련했더니, 역시 '재미있겠는데요!' 하면서 흔쾌히 허락해 주었다.

'주문을 틀리는 요리점'에 대한 정보를 발신하려면 인터넷의 힘을 꼭 빌려야 한다고 생각했다.

실제로 6월 임시 오픈 때, 세상에 첫 선을 보인 기사는 메인 페이지에 게재되었고, 그것이 삽시간에 전 세계로 확산되어 엄청난 주목을 끌게 되었던 것이다.

자금 조달

일본 최대 규모의 크라우드 펀딩(인터넷에서 불특정 다수의 사람들로부터 자금을 조달하는 시스템) 회사 Readyfor의 창업자, 메라 하루카(米良はるか) 씨도 만났다.

다시 말해서 사장님이라는 말씀.

그녀는 일본인으로는 최연소인 스물다섯이라는 나이에 세계경제포럼(다보스 회의) 멤버로 선정될 정도의 실력 있는 경영자다.

하지만 그녀가 훌륭하다고 생각한 것은 회사를 설립하게 된 동기를 듣고 나서다.

학생 시절 패럴림픽 스키 대표팀과 우연히 만나게 되었는데, 경비도 제대로 후원받지 못한 채 고생을 하고 있다는 것을 알고 100만 엔 기부금 모집 프로젝트를 세웠다는 것이다.

그것이 자신이 일군 회사의 원점이라며 이야기하는 그 순간의 표정이 말할 수 없이 아름다워 보였다.

임시 오픈은 그동안 모금한 돈으로 어떻게든 버텼지만, 이후 본격적으로 '주문을 틀리는 요리점'을 운영하려면 결코 적지 않은 돈이 필요하다는 것은 충분히 예상 가능한 일이었다.

그 자금을 모집하려면 크라우드 펀딩 시스템을 활용하는 것이 가장 효율적이라고 생각했다.

대기업을 스폰서로 두고 있다면 이야기는 간단하겠지만, 그보다는 좀 더 많은 사람들이 십시일반 선의와 응원의 마음으로 힘을 모아주는 편이 이번 프로젝트의 취지와 잘 맞는 것 같았기 때문이다.

그렇다면 메라 씨를 한 번 만나서 부탁해 보자. 임시 오픈 시점에서 참가를 부탁하고 크라우드 펀딩으로 자금을 모집할 때 어떤 방법이 가장 좋은지 정확한 의견을 듣고 싶었다.

그런 생각으로 이야기를 시작했더니 반짝이는 눈빛으로 '꼭 해야죠!'라며 반색을 해주었다.

그녀는 말이 땅에 떨어지기도 전에 프로젝트 큐레이터인 나쓰카와 유리(夏川優梨) 씨 등을 불러서 '주문을 틀리는 요리점'의 자금 조달에 대해 전면적으로 지원해 줄 수 있는 체제를 만들어 주었다.

치매 관련 지식 · 간병 기술

이 일은 당연히 와다 유키오 씨.

와다 씨와는 여러 차례 이번 프로젝트 구상에 관해 이야기를 주고받은 적이 있는데, 간병 · 복지 사업의 총수라고 할 수 있는 다이키(大起) 엔젤 헬프의 고바야시 요시노리(小林由憲) 사장을 직접 만나게 해주는 등 본격적으로 '주문을 틀리는 요리점'에 관한 이야기를 해 나갔다.

와다 씨는 이 자리에서 "우리에게는 힘 잘 쓰는 어르신들이 잔뜩 버티고 계시니 얼마든지 모셔다 쓰세요"라며 빙그레 웃었다.

이는 와다 씨가 늘 이야기하는 자기만의 농담으로, 실제로 '주문을 틀리는 요리점'에는 정말 멋진 할머니, 할아버지들이 와 주셨다.

요리 및 레스토랑 운영

이 분야가 가장 시간이 걸렸다.

나는 그야말로 음식점 분야에는 문외한이었고, 지금까지 프로그램에서도 음식에 관해서는 취재를 해 본 적이 없기 때문에, 이 업계에 관한 지식 자체가 전무한 상태였다.

몇 군데 수소문을 하고 연고를 파고든 끝에 지카라이시 히로오(力石寛夫, 토머스 앤드 지카라이시) 씨를 소개받을 수 있었다.

지카라이시 씨는 '데이코쿠(帝国) 호텔', '도라야(虎屋)', '로얄 홀딩스' 같은 외식업, 호텔, 식품산업 등을 중심으로 연간 수십여 개 기업의 컨설팅과 인재육성을 담당하며, '접객 업계의 대부'로 불리고 있는 인물이다.

접대라는 서비스의 길을 평생 걸어온 지카라이시 씨에게 '주문을 틀리는 요리점' 이야기를 하자 '정말 흥미롭네요!' 하면서, 그 자리에서 바로 '77회'를 소개해 주었다.

'77회'는 2005년 7월 7일 지카라이시 씨가 외식 서비스업계에서 뛰어난 활약을 보이는 20~40대 젊은 경영인 20여 명을 모아서 세운 기업 횡단 스터디 모임이다.

지금도 한 달에 한 번씩 모여서 스터디를 하고 있는데, 그 자리에서 프레젠테이션을 해 보면 어떻겠느냐고 제안해 주었다.

'분명히 모두들 흥미로워하면서 협력해 줄 겁니다'라고 자신 있게 격려를 해 주었지만, 나로서는 긴장이 될 수밖에 없었다.

더군다나 지금까지 살면서 20명이 넘는 사람들 앞에서 프레젠테이션 같은 것을 해 본 적이 없었기 때문이다.

'여기서 포기하면 이 프로젝트는 끝일지도 몰라……' 하는 중압감 탓에 프레젠테이션 전날 밤은 꼬박 뜬 눈으로 세웠다.

그리고 드디어 프레젠테이션 당일.

주어진 시간은 단 15분.

천천히 최대한 정성껏 나의 생각을 이야기했다.

프레젠테이션이 끝나자마자 손을 들어 '한번 함께해 봅시다'라고 말해 준 사람이, 바로 지금까지 이야기 속에 종종 등장한 기무라 슈이치로(브랑제리 에릭케제르 재팬 대표이사)였다.

기무라 씨가 "'주문을 틀리는 요리점'을 개최할 장소는 어떻게 하실 겁니까"라 묻기에, "아직 아무것도 결정된 것은 없습니다" 하고 대답하자 "좋은 곳이 있는데 내일 아침에 한번 가 보시겠습니까?" 하고 말하는 것이 아닌가. 나는 너무나 좋아서 "네!" 하고 큰 소리로 외쳤다.

그렇게 기무라 씨의 소개로 좌석 수 열두 개의 아담하고 멋진 분위기의 레스토랑을 사용할 수 있게 된 것이다.

이렇게 해서 '주문을 틀리는 요리점'은 불과 두 달 여만에 최고의 멤버들을 갖추고 시작할 수 있게 되었다.

우리가 가장
소중히 여기기로 한
'두 가지 규칙'

•

── 응석을 받아주면 타협이 발생한다

최고의 정예 멤버가 모이면서 드디어 '주문을 틀리는 요리점'의 오픈을 향한 실행위원회가 꾸려지고, 회의를 거쳐 타협안이 마련되었다.

모두가 각자의 일이 있는 관계로 매월 한 번이나 두 번 정도 모여서 미팅을 하고, 나머지는 메일을 주고받으며 일을 진행하기로 했다.

멤버들이 '주문을 틀리는 요리점'의 구체적 내용을 토의하는 중에, 중요하게 가지고 가야하는 '룰'을 두 가지 만들었다.

① 식당답게 음식의 질을 고집하기(멋있을 것, 맛있을 것)
② 실수가 목적이 아니다. 일부러 실수를 하려고 해서는 안 된다

'주문을 틀리는 요리점'이라고는 하지만 요리점은 요리점. 나름의 체제를 확실하게 갖추는 것이 중요하다.

만약 우리에게 스스로 선행을 한다는 의식이 조금이라도 있다면, 그 틈새를 비집고 응석이 생길 가능성이 있다.

'좋은 일 하는 건데 약간의 빈틈은 용서되겠지'라는 생각은 절대 안 된다. 그런 응석이 받아들여지는 순간 타협이 생기고 질 떨어지는 요리가 나올지도 모르기 때문이다.

가게 분위기도 투박하고 암울한데 나오는 요리의 맛도 형편없다면, 고객은 진심으로 언짢아할 수도 있다.

그런 사태만큼은 절대적으로 피해야 한다는 것이 모두의 생각이었다.

그와 같은 취지에서 제일 먼저 생각한 것이 '주문을 틀리는 요리점'의 로고 제작이다.

처음 그 로고를 보았을 때, 나는 전율을 느꼈다.

'실수해서 죄송해요' 하듯 혀를 날름 내밀고 있는 그림 속에 '주문을 틀리는 요리점(注文をまちがえる料理店)'의 'る'를 옆으로 누인 센스…… 너, 너무 귀엽다!

우리 모두 순식간에 마음을 빼앗겨 버렸다.

이 로고야말로 '주문을 틀리는 요리점'의 세계관이 완전히 녹아들어가 있다는 느낌이다. 이 로고를 마음 깊이 새기고 가게의 분위기를 만들어 간다면, 분명히 멋이 있고 맛이 있는 가게가 되리란 확신이 들었다.

메인 컬러는 흰색으로 통일하되 귀여운 로고를 곳곳에 잘 활용해서 레스토랑의 내부 인테리어와 외장을 설계. 틀린 메뉴가 나와도 손님들이 흔쾌히 이해하고 용서해 줄 수 있는 따스한 분위기를 연출하기 위해 최선을 다했다.

다음은 맛있는 요리다.

이 부분에 대해서는 음식 전문가인 기무라 씨가 실행위원을 맡아 주면서 관점이 훨씬 넓어졌다.

기무라 씨에 따르면, 우선 맛 이야기를 하기 전에 가격 설정이 중요하다고 한다.

고객 입장에서 볼 때 요리가 잘못 나오는 것 이상으로 용납하기 어려운 것이 가격.

800엔짜리 요리를 주문했는데 1,200엔짜리 요리가 나와서 400엔을 더 지불해야 한다는 것은, 아무리 이 요리점의 콘셉트에 공감이 가고 요리가 맛있어도 용납하기 어려운 부분이라는 것.

그러므로 가격은 반드시 적당하고 균일해야 한다는 점을 적극 참고하여 일률적인 가격 1,000엔으로 정했다.

손님들은 음식을 보는 순간 가격을 짐작한다.

그 요리가 자신이 지불하는 가격 이상의 가치가 있는지 없는지 한눈에 판단하기 때문에, 그 기대치를 초과하는 요리를 제공하지 않으면 안 된다는 것이다.

기무라 씨와 '77회'의 도움을 받아 요시노야(吉野家) 홀딩스의 가와무라 야스타카(河村泰貴) 사장과, 도쿄 신바시를 중심으로 전개되고 있는 중국 요리의 명가 신쿄테이(新橋亭)의 사장도 참가해 주었다.

덕분에 어떤 메뉴를 먹어도 너무 맛있다고 할 정도로 맛있고, 1,000엔이라는 가격에 대한 손님의 기대치를 훨씬 웃도는 오리지널 메뉴를 제공할 수 있겠다는 자신감이 생겼다.

알레르기와 위생 문제에 대해서도 세심한 조언을 듣고, 요리에 있어서도 안심하고 안전하면서도 압도적인 질을 담보할 수 있게 되었다.

—— **설령 신중하지 못하다고 해도**

여기까지 읽고 나서 "'주문을 틀리는 요리점'이 도대체 무슨 프로젝트야?" 하고 문득 의문이 생기는 분도 있을지 모르겠다.

치매의 'ㅊ'이라는 글자도 나오지 않았으니까.

하지만 나는 바로 그 점이 중요하다고 생각했다.

이솝 우화인 〈바람과 해님〉을 읽어보면, 바람보다는 해처럼 접근하는 것이 훨씬 중요하다고 생각하기 때문이다.

바람처럼 '이 문제점이 너무 심각해'라고 계속 숙지시키는 것도 물론 중요하다.

하지만 어떻게 하면 모두가 '가보고 싶다고 생각할 만한 가게가 될 수 있을까, 어떻게 해야 손님들이 진심으로 가슴 설렐 수 있는 공간을 만들 수 있을까.

그렇게 태양처럼 따스하면서도 천천히 스며드는 엔터테인먼트 성향을 철저히 고민하자.

그러는 편이, 평소 같으면 어느 누구도 눈을 돌릴 생각도 하지 않던 문제에 빛이 스며들게 할 수 있지 않을까.

물론 그런 자세를 두고 신중하지 못하다고 비판할지 모른다.

그러나 그럼에도 불구하고 헤쳐나갈 만한 의미가 이 요리점

에 있다는 것을, 나뿐만 아니라 실행위원들 모두 다짐하고 있었
으리라.

—— 누구에게나 괴로운 일

그러나 이 엔터테인먼트 성향이 짙은 프로젝트를 고민하면 할
수록 우리 자신을 힘들게 조여 오는 것이 있었다. 그것은 실행위원
들이 소중히 지키고 싶어 하는 또 하나의 룰, '실수를 목적으로 하
지 않는다. 일부러 틀리려고 해서는 안 된다'는 점이다.

이 룰에 대해서는 정말 마지막의 마지막 순간까지 고민이 되
었다.

기탄없는 의견들이 오고 갔지만, 실행위원들 중에서 '그래, 이거
야!'라는 기준점을 만들어 내지 못하고 있었기 때문이다.

왜냐하면 이런 타이틀의 식당에 대해 손님들의 기대는 당연히
'주문이 틀리는 것'에 집중될 수밖에 없는 것이다. 아니, 오히려 그
것을 기대하고 레스토랑을 찾는 분도 있을지 모른다.

'손님이 두근거리는 마음으로 와서, 치매를 앓는 분들과 접하는
과정을 통해 치매에 대해 이해하는 계기를 만든다.'

이것은 우리가 멋대로 만들어낸 이상적 스토리에 불과할 수도 있다.

그보다는 일종의 일회성 엔터테인먼트로서 '주문이 틀리는 것을 즐기고 싶다'는 고객이 더 많다면, 실수 없이 제대로 나오는 요리에 대해 실망하지는 않을까.

그렇다면 어딘가에 아무렇지 않게 '틀릴 가능성'을 전제로 해두는 편이 낫지 않을까?

하지만 우리는 최종적으로 '역시 일부러 치매 어르신들이 실수를 하도록 유도한다는 것은 본말이 전도된 꼴이야'라고 의견일치를 보았다.

임시 오픈을 2주 앞둔 최종 미팅 때의 일이었다.

실행위원 미팅에는 청년성 치매를 앓고 있는 미카와 야스코(三川泰子. 스토리 2의 주인공) 씨도 참석했다.

실행위원회가 설렁설렁 축제 분위기에 젖지 않고 '치매 상태에 있는 분이 옆에 있다'는 긴장감을 갖도록 하기 위해, 와다 씨가 미카와 씨 부부와 다른 가족분들을 미팅에 부른 것이다.

야스코 씨는 미팅 내내 거의 입을 열지 않았다.

나는 그녀의 남편 가즈오(三川一夫) 씨에게, 꼭 물어보고 싶었던 질문을 던졌다.

"이 '주문을 틀리는 요리점'에 대해 어떻게 생각하십니까?"

'틀릴 수 있다는 가능성을 요리점 안에 넣을까 말까'를 당사자인 야스코 씨와 그 가족인 남편 앞에서 논의하고 있다는 사실이 왠지 찜찜해서 참을 수가 없었다.

그러자 가즈오 씨가 난처하다는 표정으로 이렇게 대답했다.

"틀릴지도 모르지만 부디 이해해 주세요, 이런 콘셉트는 좋다고 생각합니다. 하지만 역시, 아내에게 있어서 틀린다고 하는 것은 정말 괴로운 일이겠지요……."

그 말이 나의 가슴 깊숙이 파고들었다.

아, 나는 왜 이렇게 어리석을까. 바로 눈앞에서 고스란히 우리 이야기를 듣고 있었을 야스코 부인의 심정은 어땠을까.

'실수는 괴로운 것.'

그것은 너무도 당연하지 않은가.

—— 틀린다고 해도 용서받을 수 있습니다

가즈오 씨의 한마디가 '주문을 틀리는 요리점'의 나아갈 길을 결정지었다.

역시, 일부러 실수를 유도하는 식의 콘셉트는 절대 사양이다.

실수가 없도록 최선의 대응을 강구하면서도, 그럼에도 불구하고 실수를 한다면 널리 이해해 주시길 바란다(메롱)는 콘셉트로 나가자고 전원 일치를 보았다.

'요리의 맛과 멋을 고집하기', '일부러 틀리려고 하지 않기'— 이 두 개의 커다란 축이 결정됨으로써, '주문을 틀리는 요리점'은 그 방향성만큼은 틀리지 않고 나갈 수 있으리라.

그런 자신감이 생겼다.

여유로운 마음이
널리 퍼지기를
간절히 바라며

●

───── '뭐, 괜찮아요' 라는 관용

'주문을 틀리는 요리점'을 운영한 이틀간은 내내 놀라움과 새로운 발견의 연속이었다.

우선 가장 놀라운 발견은 생각보다 훨씬 많은 실수가 발생한다는 점이다(웃음).

하지만 흥미로웠던 것은 손님들 중 누구 한 사람 화를 내거나 불만을 토로하지 않았다는 사실이다.

호기심이 생긴 나는 '주문을 틀리는 요리점'을 찾는 손님 입장이 되어 직접 체험을 해 보았다.

그랬더니 화내지 않고, 불평도 하지 않는 손님들의 마음이 이해가 갔다.

가게에 들어와서 어르신들이 주문을 받으러 올 때는 '정말 틀린 요리가 나올까……' 내심 두근거렸다.

그런데 다음 순간부터 '어떤 요리가 나올까……' 하고 요리가 나올 때까지 즐겁고 재미있어서 참을 수가 없었다.

너무 가슴이 뛰어서 견딜 수가 없을 지경이었다. 나는 피자를 주문했는데 정확히 피자가 나왔다. 솔직히 조금 실망스럽다(웃음).

식후 음료로는 콜라를 주문했다. 그랬더니 이번에는 옆 사람이 주문한 아이스커피가 내 앞에 놓였다.

'앗' 하고 생각했다.

분명히 콜라가 아니야. 톡 쏘는 탄산 느낌이 없어. 잘못 나온 거야. 어쩌지.

어르신을 불러서 말을 해야 하나, 가만히 있어야 하나.

음, 고민하고 있는 사이에 이미 할머니는 아무렇지 않은 얼굴을 하고 다른 곳으로 가버렸다.

그리고 이런 생각을 했다. '뭐, 어때.'

옆 사람과 '이 아이스커피, 당신이 주문한 거예요', '맞아요, 이

콜라는 당신 거예요' 그렇게 바꿔 마시면 그만이다.

그것만으로 실수는 실수가 아닌 것이 된다.

세상을 바라보는 눈이 완전히 바뀐 것 같은 느낌이었다.

이런 느낌은 비단 내가 기획자여서만이 아니었다. 많은 분들이 나와 같은 생각을 했다는 것을, 손님들이 남겨준 설문지를 읽으면서 알게 되었다.

"샐러드는 두 번 나오고 수프는 나오지 않았습니다. 하지만 괜찮았어요. 그렇게 중요한 문제는 아니었습니다. 좋았어요."

"다른 가게였다면 화가 났을지도 모르지만, 여기서는 웃는 얼굴로 넘어가게 되더군요."

"'실수를 해도 괜찮다'는 분위기를 느낄 수 있었습니다."

이 손님들이 만들어 낸 '관용'이라는 분위기.

이 관용이야말로 '주문을 틀리는 요리점'이 추구했던 하나의 도달점이었다.

—— 실수를 받아들이고 함께 즐기다

당연한 이야기지만, 이 식당 하나로 치매에 관한 수많은 문제들이 해결되지는 않는다.

그러나 실수를 받아들이고 실수를 함께 즐긴다는, 조금씩의 '관용'을 우리 사회가 가질 수 있게 된다면 분명히 지금껏 없었던 새로운 가치관이 생겨나지 않을까 생각했다.

솔직히 대부분의 실수와 착오라는 것은 그리 심각하지 않다. 조금만 대화를 하면 해결할 수 있는 사소한 문제들이 아닐까.

다만 '뭐, 어때'라는 관용의 스위치가 우리 모두에게 간단히 켜지지 않을 뿐이다.

그런 기분을 들게 하는 몇 가지 장치가 필요하다.

'주문을 틀리는 요리점'이라는 타이틀 즉 이 가게의 세계관을 한 눈에 알 수 있는 '메롱' 로고는 물론이고, 가격을 균일하게 한다거나 알레르기 문제를 걱정하지 않아도 된다거나, 어떤 요리를 시켜도 맛있다거나, 그런 점들이 중요한 장치가 되지 않을까.

사람은 조금이라도 불안하면 관용을 베풀고 싶어도 베풀 수가 없다. 그런 면에서 많은 사람들의 박수와 호평을 받았던 미카와 씨 부부의 연주도 소중한 장치 중 하나였다.

—— 한 시간 안에 할 수 있는 일도 90분 걸려서 한다

'주문을 틀리는 요리점'에서는 효율적인 시스템을 최대한 배제했다.

그런데 이 방식이 '주문을 틀리는 요리점' 운영에 있어서 가장 어려운 부분임을, 진행하는 과정에서 알게 되었다.

무슨 말인가 하면, 사람은 애써서 의식하지 않으면 자신도 모르게 효율적인 방향으로 움직이게 된다는 뜻이다.

요리점 분위기를 수습해 준 기무라 씨는 요식업계의 미다스라고 할 수 있는 인물이다. 그렇기 때문에 이 가게가 레스토랑으로서 제대로 운영되려면 어떻게 해야 하는지 순간적으로 판단이 가능하다.

그의 지시는 아주 적재적소에서 이루어지기 때문에, 마치 홀에서 일하는 사람들이 스스로 판단하고 생각할 겨를조차 없는 것처럼 보이는 순간이 자꾸만 눈에 들어왔다.

이런 상황이 바람직한 것만은 아니지 않을까.

'주문을 틀리는 요리점'이 아니라 그냥 '고령자분들이 많이 일하는 레스토랑'이 되어 가는 것만 같았다.

반면에 와다 씨 같은 복지 전문가는 치매를 앓고 있어도 자신

들의 의사로 최대한 자유롭게 행동하기를 바란다. 이 가치관 역시 나름대로 흥미롭기는 하지만, 자칫 잘못하다가는 무질서해지면서 요리점으로서 제 기능을 할 수 없게 될 수도 있다.

왜냐하면 지원을 맡고 있는 스태프 중 음식점에서 일해 본 사람이 거의 없을 뿐더러(있어도 아르바이트 정도의 경험뿐), 그나마도 어르신들은 치매 상태이기 때문이다.

그 상태로 그냥 내버려 둔다면, 우리가 양보할 수 없는 룰로 정했던 '요리점으로서의 질을 고집한다'에 반하는 일이 벌어질 가능성이 커진다.

하지만 어느 쪽으로도 프로가 아닌 나는, 충돌 직전의 상황 앞에서 어찌할 바를 몰라 고민만 하고 있었다.

그리고 이틀째 아침, 가게 문을 열기 전 미팅 시간에 모두에게 이렇게 전달했다.

"요리점으로서의 질을 반드시 지켜나가야 합니다. 하지만 60분에 할 수 있는 일을 45분에 하려고 하지는 마세요. 60분 걸릴 일을 90분 동안 하겠다는 생각으로 임하기 바랍니다."

각 분야의 최고 전문가들이 모인 '주문을 틀리는 요리점'이기 때문에 그런 결단을 내릴 수밖에 없었다.

그 결과, 요리점 안에서는 주문을 받는 중간중간, 어르신들이 손님들에게 옛이야기를 들려주기도 하고 유모차에 앉아 있는 아기와 놀아주기도 하는 장면이 펼쳐졌다.

문제는, 손님 한 테이블당 70~90분 정도가 걸리는 바람에 밖에서 차례를 기다리는 손님들의 대기시간이 더 길어지는 사태가 벌어졌다는 사실.

보통 레스토랑이라면 너무 비효율적이고 비상식적이라서 당장 대책을 강구해야 하지 않을까 하는 광경이 여기저기 퍼져나가고 있었다.

그러나 치매 상태의 홀 스태프들에게 그때그때마다 지시를 내리고, 문제가 발생하기 전에 미리 대응하고 싶은 마음을 억누르고, 최대한 어르신들에게 맡겨 보기로 했다. 비효율적이고 비상식적일지 모르는 커뮤니케이션을 거듭해 보자고 결정했다.

천천히 흐르는 시간, 여유로운 분위기에 젖어드는 특별한 공간.

이런 연출이 시작되면서 비로소 모두에게 '뭐, 어때' 하는 스위치가 켜졌던 것 같다.

(하지만 손님을 무작정 기다리게 한 점은 크게 반성해야 할 부분이었다……)

—— '비용'이 '가치'로 바뀌었다

이렇게 다양한 장치를 통해 손님의 '관용'을 이끌어 내는 데에
는 성공한 것 같다.

하지만 아무래도 너무 많이 이끌어낸 것 아닌가 싶은 생각이,
설문지를 읽는 내내 들었다. 기획자인 내가 미처 예상하지 못한 돌
발 발언이 속속 이어지는 바람에 당황스럽기까지 했다. 예를 들면
이런 식이다.

"요리가 잘못 나온 것을 알고 할머니께서 혀를 날름 내미시는데,
너무 귀여웠습니다."

"주문을 틀렸는데도 왠지 사랑스러워서 저절로 용서하는 마음이
생겼습니다."

"어르신들이 실수를 했을 때 혀를 내미는 모습이 너무 다양해서 우
습고 재미있었습니다."

잠깐만, 잠깐만! 화를 내거나 불평을 늘어놓지 않는 것은 예상

범위 안에 있었지만, '귀엽다'는 표현은 어떻게 이해해야 할까?

설문지에는 이런 내용도 있었다.

"요리가 잘못 나와서 너무 기뻤습니다!"

"음식이 잘못 나왔지만 모든 메뉴가 너무 맛있어서 오히려 다행이 었습니다."

"좀 더 실수가 나왔어도 괜찮았다고 생각합니다."

이 정도까지 이야기가 나오자 머리가 혼란스러워졌다.

심지어 '잘못 나와서 기뻤다'는 말은 문법적으로도 조금 이상하지 않은가.

'잘못 나와서'라는 말 뒤에는 '화가 났다'라는 표현이 보통이다.

잘못 나온 것은 나쁜 일이고, 잘못 나오지 않도록 노력을 해야 하는 것이 보통……인데?

'잘못 나와서 기뻤다'라는 말은 도대체 어떻게 이해해야 하는 것일까?

설문지를 앞에 두고 머리를 감싸 쥐고 있는데, 문득 깨달았다.

오픈 이틀 동안 내가 목격한 것은, '비용'이 '가치'로 바뀌는' 순간이었다.

─── **당당하게, 자신감을 가지고 일할 수 있는 장소**

지금껏 틀린다는 행위 또는 치매라는 병은 사회적으로 볼 때 '비용'으로 여겨졌다.

그러나 '주문을 틀리는 요리점'이라는 존재가 등장하면서 그동안 '비용'으로 여기던 것이 돌변하여 어마어마한 '가치'로 떠오른 것이다.

실제로 '주문을 틀리는 요리점'에 있으면, 슬프다거나 동정이 간다거나 가엾다거나…… 하는 부정적 감정은 거의 찾아볼 수가 없다.

물론 한 시간밖에 되지 않는 한정된 시간이다 보니, 흔쾌히 관용을 베풀게 될 수도 있다는 측면도 있을 것이다. 주변 가족 중에 치매를 앓는 사람이 있다면 '그런 마음이야 얼마든지 생길 수 있지……'라고 말할 수 있을지도 모른다.

하지만 어쨌든 '주문을 틀리는 요리점' 안에서는 치매 어르신들을 바라보는 손님들의 시선이 신기하리만치 반짝이고 있었다.

왜 그들의 눈빛이 반짝였을까.

그에 대한 해답은 지극히 심플하다.

모든 어르신들이 당당하게 자신감을 갖고 일하고 있기 때문이다.

—— 괜찮아, 괜찮아. 잘 안 풀려도 괜찮아

여러 모로 '주문을 틀리는 요리점'은 성공적이었다고 생각한다.

어떤 장치든, 시도든, 정확하게 의도대로 작용했고, 일하는 어르신과 손님이 실수를 인정하고 용납하며 함께 즐길 수 있었다.

정말이지 멋지고 꿈같은 시간이었다.

하지만 정작 나는 요리점 오픈 당일을 맞이하는 것이 너무 두렵고 싫었다.

2017년 6월 3일. 날씨는 맑았다.

여름을 건너뛰었나 싶을 만큼 청명한 하늘이 펼쳐져 있었다.

그런데도 나는 레스토랑으로 향하는 전철 안에서 불안감으로 가슴이 짓눌리는 것만 같았다.

솔직히 말하면 밤새 한숨도 못 잤다.

심지어 토할 것 같은 긴장감이 엄습해 왔다.

진심으로 두려웠나 보다.

당황스러워 하는 손님들의 모습, 우왕좌왕하며 주문을 받으러 다니는 할아버지, 할머니.

그런 부정적인 영상들만 머릿속을 맴돈다.

아아, 왜 나는 이런 프로젝트를 기획했을까.

레스토랑이 가까워질수록 불안감은 더욱더 커졌다.

'어떡하지, 정말 가고 싶지 않아!' 전전긍긍하고 있던 바로 그 순간, 나는 2012년에 보았던 '삶의 풍경'을 떠올렸다.

와다 씨가 총괄 책임을 맡고 있는 간병 시설에서 햄버그스테이크와 만두를 헷갈리면서도 즐겁게 요리를 하고 맛있게 드시던 어르신들의 모습.

괜찮아, 괜찮아.

잘하려고 애쓰지 않아도 돼.

이상하게도 그렇게 생각하니 마음이 편안해졌다.

그리고 나의 눈앞에는 그때 보았던 어르신들의 '평범한 삶의 풍경'과 함께 그보다 더 멋진 세상이 펼쳐져 있었다.

우리는 가게 안에 이렇게 적은 보드 한 장을 내걸었다.

注文を
まちがえる
料理店

THE RESTAURANT OF ORDER MISTAKES

「注文をまちがえるなんて、変なレストランだな」
きっとあなたはそう思うでしょう。

私たちのホールで働く従業員は、
みんな認知症の方々です。
ときどき注文をまちがえるかもしれないことを、
どうかご承知ください。

その代わり、
どのメニューもここでしか味わえない、
特別においしいものだけをそろえました。

「こっちもおいしそうだし、ま、いいか」
そんなあなたの一言が聞けたら。
そしてそのおおらかな気分が、
日本中に広がることを心から願っています。

※アレルギーについて心配のある方はご相談ください。

주문을 틀리는 요리점

'주문을 틀리다니, 이상한 레스토랑이네'
당신은 분명히 그렇게 생각하실 겁니다.

저희 홀에서 일하는 종업원은
모두 치매를 앓고 있는 분들입니다.
가끔 실수를 할 수도 있다는 점을
부디 이해해 주시기 바랍니다.

그 대신,
어떤 메뉴든 이곳에서밖에 맛볼 수 없는,
특별하고 맛있는 요리들로만 준비했습니다.

'이것도 맛있어 보이네. 뭐, 어때'
그런 당신의 한마디가 들리기를.
그리고 그 여유롭고 넉넉한 마음이
사회 전체로 퍼져나가기를 간절히 바라 봅니다.

전하고 싶은 메시지는,
없습니다

•

—— 훌륭한 원작과 영화의 관계

'주문을 틀리는 요리점'의 기간 한정 영업을 마치고, 기분 좋은 피로감과 성취감에 젖어 있을 수 있던 시간은 아주 찰나였다.

프롤로그에서도 언급했듯, 다음 날부터 방송국, 신문사, 잡지사를 비롯해서 해외 각종 매체들의 연락이 쇄도했기 때문이다.

너무나 많은 반향과 취재 의뢰에 일일이 수락을 해드리지 못해서 죄송한 마음뿐이다.

그 송구스러운 마음이 이 책을 쓰게 된 동기가 되었고, 다시금

'주문을 틀리는 요리점'을 정리할 수 있게 되었다.

솔직히 나는 그저 와다 씨가 일하고 있는 그룹 홈에서 본 풍경이 너무 멋있어서 그것을 약간 정리하여 재현해 보았을 뿐이다.

진짜 주인공은 그날의 풍경 그 자체였다는 생각은 지금도 내 안에 깊이 뿌리내리고 있다.

어쩌면 훌륭한 원작과 영화의 관계라고 할 수 있을 지도 모르겠다.

나는 와다 씨의 시설에서 '햄버그스테이크와 만두 이야기'라는 원작을 우연히 경험했고, '주문을 틀리는 요리점'이라는 '엔터테인먼트 작품'을 제작한 것 같은 느낌이 들었다.

—— **각자의 감성으로 자유로운 해석을**

그렇기 때문에 감히 말씀 드리자면, 나는 줄곧 어린아이처럼 설레는 마음으로 이 프로젝트에 임해 왔다.

그 과정에서 너무 행복했고 누구보다 즐거웠다고 자부한다.

취재를 오는 분들이 종종 '이 요리점을 통해 전달하고자 하는 메시지는 무엇입니까?'라는 질문을 하는데, 없다.

어떤 식으로든 대답을 짜내보고 싶지만, 역시 없다.

'주문을 틀리는 요리점'은 그곳에 함께한 분들이 저마다의 사연을 가지고, 저마다의 감성으로 자유롭게 느끼는 것이 가장 좋다고 생각한다.

앞서 영화 이야기를 했는데, 내가 생각해도 참 좋은 예인 것 같다. 나는 영화를 볼 때 제작자나 감독의 메시지가 전면에 드러나는 작품을 별로 좋아하지 않는다.

나뿐만 아니라 많은 분들이 그렇게 생각하지 않을까.

그러므로 이 요상한 이름의 레스토랑이, 이 책을 통해 좀 더 자유롭게 해석되기를 바란다.

'주문을 틀리는 요리점'의
미래

—— 한 사람 한 사람이 '동료'

2017년 9월 16일에서 18일까지, 도쿄 롯폰기(六本木)에서 '주문을 틀리는 요리점'을 다시 오픈했다.

역시 이번에도 최고의 멋진 멤버들과 기업들이 다수 참가해 주었다.

'명품 탄두리 치킨버거' 개발뿐 아니라, 훌륭한 장소도 제공해 준 RANDY.

포크로 먹을 수 있는 획기적인 '국물 없는 탄탄멘'을 개발한 잇

푸도(一風堂).

'후와토로 다마고(달걀을 우유에 섞어서 푼 다음, 반숙 상태로 구워서 밥에 올리는 것-옮긴이) 오므라이스'를 제공해 준 그릴 만텐보시(滿天星).

디저트는 '메롱' 도장이 찍힌, 도라야의 특제 화과자.

음료는 식사와 디저트에 어울리는 맛을 훌륭하게 연출하는 카페 컴퍼니의 커피와 산토리의 차 그리고 주스.

뿐만 아니라 유기농 면으로 만든 냅킨과 수건은 아반티(AVAN-TI)에서, 멋진 업라이트 피아노는 야마하뮤직에서 제공해 주었다.

그리고 홀 서빙 스태프로 18명의 치매 어르신들.

개중에는 6월 오픈 때 참가해 주셨던 분의 모습도 보였다.

9월 21일, '세계 알츠하이머의 날'을 앞두고 열린 요리점에는 300명이 넘는 손님들이 찾아와 대성황을 이루며 막을 내렸다.

큰 사고 없이 무사히 행사를 치렀다는 사실에 우리는 안도의 한숨을 내쉬었다.

이번 행사를 앞두고 Readyfor의 크라우드 펀딩 사이트를 활용하여 자금을 조달했다.

24일 동안 800만 엔을 목표로 시작했는데, 493명의 개인·기업·단체로부터 1291만 엔이라는 엄청난 지원을 받을 수 있었다.

이 자리를 빌어 진심으로 감사의 인사를 드린다.

애초부터 기업 협찬이 아니라 크라우드 펀딩을 고집한 것이 결과적으로 잘한 일이었던 것 같다.

'돈을 낸다'는 방법을 통해 이 프로젝트의 일원이 되어주시는 분이 정말 많았다.

그것은 단순히 자금이 모이는 이상의 의미가 있다고 생각한다.

실제로 이 프로젝트에 대해 알고 자주적으로 그룹을 만들어서 한 구좌당 1,000엔씩 모금을 하는 등 여러 사람들이 한 팀이 되어 지원의 손길을 베풀어 준 경우도 있었다.

뿐만 아니라 고등학생이 꼬깃꼬깃 용돈을 아껴서 보내왔다는 이야기도 들었다.

이 한 분 한 분이 '주문을 틀리는 요리점'의 취지에 공감하는 우리의 동료임을 굳게 확신할 수 있었다.

이번에 가게를 찾아주신 300여 명의 손님 중 90퍼센트는 크라우드 펀딩을 통해 기부해 주신 분들이었고, 나머지 10퍼센트의 자리는 당일권이었는데, 매일 아침 11시 개점 한 시간 전부터 판매를 개시하여 선착순으로 입장할 수 있도록 했다.

이틀째 되는 날 아침의 일이었다.

그날은 하필, 도쿄에 태풍이 직격으로 들이닥친 최악의 날씨였는데도 아침 8시도 되지 않아 벌써 손님들의 행렬이 이어졌다. 그 중 어떤 분은 '꼭 당일권을 사고 싶어요!'라며 전날 밤에 버스를 타고 교토에서 왔다고 했다.

당일권은 사흘 내내 판매 시작과 동시에 매진이 될 만큼 인기가 많았다. 정말 놀라지 않을 수 없었다.

─── 주문을 틀리지 않는 요리점

사흘 동안 가장 '좋았어!'라고 느꼈던 점은, 실수 횟수가 극적으로 줄어들었다는 사실이다.

6월 오픈 때는 실수 발생율이 60퍼센트였는데, 9월은 30퍼센트로 떨어졌다.

우리 시스템을 다시 한 번 출발점에 두고, 최대한 실수를 줄이기 위해 지원 체제를 가동한 결과였다.

'주문을 틀리는 요리점'은 '주문을 틀리지 않는 요리점'이 되려고 노력했고, 역시 그 점이 맞아떨어지지 않았나 생각한다.

너무 중요해서 거듭 이야기하지만, 우리는 실수를 목적을 하지 않는다.

실수를 하고 싶어서 하는 사람 없고, 잊어버리고 싶어서 잊어버리는 사람 없다.

바꾸어 말해, 적절한 도움과 지원이 있다면 치매를 앓더라도 얼마든지 일할 수 있다. 손님들도 기뻐할 만한 서비스를 충분히 제공할 수 있다.

그 가능성을 보여주었다는 점에서 한 걸음을 내디뎠다고 본다.

요리점 안에는 예전에 내가 와다 씨의 그룹 홈에서 보았던 '평범한 삶의 풍경'이 수없이 펼쳐졌다.

누가 시키지 않아도 요시코 씨는 손님 컵에 물이 없으면 다시 따라주고, 후미히코 씨는 바닥에 휴지가 떨어져 있으면 얼른 달려가서 주웠다.

6월 프로젝트가 끝나고 나서 매일 몇 시간씩 연습을 했다는 미카와 야스코 부인의 피아노는 한층 실력이 업그레이드되어서, 첫날 첫 번째 연주는 한 번도 틀리지 않고 남편인 가즈오 씨와 멋진 화음을 들려주었다.

———— 세상을 바꾸어 나가다

마지막 날.

와다 씨가 손님 앞에서 인사를 하는 순서를 가졌다.

간병 세계에 뛰어든 지 30년, 그 세월을 되돌아보며 마지막으로 '제가 이 일을 처음 시작했을 때만 해도 이런 일이 가능하리라고는 상상도 하지 못했습니다'라는 말과 함께 눈물을 흘렸다. 이번 사흘 동안의 프로젝트뿐 아니라 지난 30년 동안의 일들에 대한 감사의 인사였다.

주위를 둘러보니 그의 인사말을 듣고 있는 손님들뿐 아니라 스태프들도 눈물을 훔치고 있었다.

요리점 입구에서 손님들을 배웅할 때 나는 와다 씨 옆에 서 있었다.

한 분 한 분께 '감사합니다'라고 인사를 하면서 마지막 손님을 배웅한 후, 와다 씨가 누구에게랄 것도 없이 '당사자들의 모습이 세상을 바꾸어 나가고 있어'라며 나지막이 중얼거렸다.

나는 굳이 그에게 아무 말도 하지 않았다.

왠지 나도 그 의미를 알 것 같았기 때문이다.

―― **주문을 틀리는 카페**

'주문을 틀리는 요리점'을 마감하고 엿새 후.

우리는 도쿄 마치다에 있었다.

치매 질환에 관한 계몽 이벤트로서, 마치다시에서 유명 카페 체인과 함께 '주문을 틀리는 카페'를 열었기 때문이다.

6월 첫 번째 요리점 오픈 이후 마치다시 · NPO법인 · 카페 체인과 협의해 온 기획이다.

마치다시에 거주하고 있는 치매 어르신들이 홀 스태프를 맡고, 그분들을 지원하는 것은 마치다 시내의 간병 사업소 멤버들이다.

카페 체인도 마치다 시내 점포를 총괄하고 있는 매니저가 참가하여, 그야말로 마치다의 마치다에 의한 마치다를 위한 카페를 만들어냈다.

하지만 그 과정은 너무 힘들었다고 한다.

간병 사업소 멤버들에 따르면, 치매 어르신들이나 가족 중에는 '치매 환자를 웃음거리로 만들 셈이냐', '절대로 이런 행사에 참가할 수 없다'며 화를 내는 분도 있었다는 것이다.

나는 아무 말도 할 수 없었다.

마치다시에서 마음을 다해 시작하려는 일이니, 어디까지나 이 프로젝트의 주역은 마치다 시민들이기 때문이다.

우리는 로고 제공, 메뉴표와 주문표, 카페의 취지를 설명한 팸플릿 작성, 운영상 주의사항, 중요사항 등을 지원하는 역할에 충실했다.

일시적으로 개최 자체가 불투명해지기도 했던 '주문을 틀리는 카페'는, 마치다 시민들 모두 한 달 넘도록 머리를 맞대고 고민에 고민을 더한 결과 열 명이 넘는 치매 어르신들이 참가를 약속해 주었다.

모두가 '치매를 좀 더 정확하게 알리고 싶다'는 한 마음으로 똘똘 뭉치게 되었다는 후일담을 들었다.

—— **조금씩, 다만 분명히 퍼져나가는 것이 보이기 시작하다**

드디어 당일.

이벤트 회장에는 길게 행렬이 이어졌다. 처음에는 표정이 잔뜩 굳어있던 홀 스태프 어르신들도, 손님을 한 팀 두 팀 맞이하면서 자연스럽게 얼굴에 웃음이 번졌다.

그 모습을 지켜보고 있던 가족 중 한 분이 '치매를 앓는 동안 할

아버지가 저렇게 밝은 표정을 짓는 것을 정말 오랜만에 보네요'라며 눈물을 글썽였다.

모든 메뉴가 예정보다 30분 정도 일찍 동이 났을 만큼 대성황을 이루었고, 행사가 끝나고 나서는 그날 처음 만난 어르신들끼리 어깨를 감싸 안으며 '우리 또 만나요' 하고 인사를 주고받았다.

그것을 본 간병사업소 직원들은 "어르신 모두에게 오늘의 이 '피로'야말로 가장 큰 보수인 셈이네요. 이렇게 기분 좋은 피곤함 덕분에 오늘 밤은 완전히 곯아떨어질 것 같아요"라며 기쁜 표정을 지었다.

'주문을 틀리는 요리점'은 아주 조금씩이기는 하지만, 분명히 세상으로 퍼져나가고 있었다.

—— COOL보다 WARM

마지막으로 현재 구상 중인 부분을 조금 적어보려고 한다.

우선 1년에 한 번 또는 두 번은 이벤트 형식으로 일본이 되었든 세계 다른 곳이 되었든 어딘가에서 다시 레스토랑을 열려고 한다.

종종, 경제계 분들이 '이 프로젝트를 경제 시스템 안에 도입하면 실로 엄청난 임팩트를 낼 수 있을 것 같아요'라는 말을 하시는데, 솔직히 그런 생각까지는 해 본 적이 없다.

어떤 의미로 보면 경제나 실업과는 거리가 먼 세계에서 살아왔기 때문에, 지금으로서는 '경제 시스템'이라는 말이 선뜻 이해가 되지는 않는다.

내가 정말 그쪽 분야에는 완전 초보자구나, 라는 생각이 들면서, 앞으로 각계각층의 전문가들을 만나서 의견과 지혜를 부탁해야겠다는 생각을 했다.

이왕 이야기를 시작한 김에, 좀 더 미래지향적인 다소 꿈같은 이야기를 해보려고 한다.

나는 2020년에 '노인과 장애우를 다루는 테마파크'를 세우고 싶다. 아이들이 다양한 체험을 하는 체험 학습형 테마파크가 있는 것과 마찬가지다.

치매라는 말을 많이 듣기는 했지만, 내가 그랬듯 '알고 있다고 착각'했던 말이기도 하다. 아는 것 같으면서도 모르는 그런 질환들은 치매뿐 아니라 많이 있을 것이다.

이처럼 사람들이 '알고 있다고 착각'하고 있는 세계를 즐겁게, 엔터테인먼트 형식으로 접할 수 있는 테마파크를 만들 수 있지 않을까 생각을 해 보았다.

2020년, 도쿄에서 동계올림픽과 패럴림픽이 열린다. 선수촌 근처에 그런 테마파크가 있다면 의미 있고 흥미롭지 않을까.

또는 여러 경기장 옆에 만들어서 선수들과 관중들이 들어와서 즐길 수 있게 하면 모두가 가슴 설레어 하지 않겠는가.

'주문을 틀리는 요리점' 이후 'WARM JAPAN'이라는 말을 자주 사용한다. 'COOL JAPAN'도 물론 중요하지만, 앞으로는 '일본이라는 나라, 참 따뜻하네요', '왠지 편안한 느낌이 들어요'라는 평가를 듣는 것이 더 큰 가치가 있지 않을까, 생각해 본다.

프로그램 제작을 하며 참 속상할 때가 많았다. 일본은 '과제 선진국'이라는 말을 들은 지 오래다. 그런데 과제 해결책은 항상 해외에서 찾기만 하던 시절이었다.

문제 제기 현장은 일본, 문제 해결을 하고 행복해 하는 현장은 해외라는 것이 당연시되는 구성이었다.

그 점이 늘 답답해서 어떻게든 국내에 해결할 수 있는 방법이 없을까 고민을 했지만, 그 역시 나의 능력 부족 탓인지 좀처럼 찾을 길이 없었다. 어쩌면 '주문을 틀리는 요리점'을 시작으로 그러한 문제를 해결할 힌트를 얻을 수 있지 않을까.

이 테마파크가 어디까지 실현될지 아직은 알 수 없으나, 중요한 건 조금씩, 하지만 실제적으로 움직이기 시작했다는 사실이다.

── 감사의 인사를 대신하며

이제 길고 길었던 나의 이야기도 막바지를 향하고 있다.
지금까지 함께 달려준 '주문을 틀리는 요리점 실행위원회' 멤버
들에게 꼭 전하고 싶은 말이 있다.

이하 경칭은 생략하고, 다이키(大起) 엔젤 헬프의 와다 유키오,
고바야시 요시노리, 후쿠이 유키나리, 이나미 구니코, 히로세 아키
코, 케어워크 야요이의 이즈카 히로히사, 오사키 미사키, 브랑제
리 에릭케제르 재팬 대표이사 기무라 슈이치로, TBWA\HAKU-
HODO의 지카야마 사토시, 도쿠노 유키, 오가와 다카유키, 히라
쿠에 쓰토무, 하마다 유, 에노키 유타, D-CORD의 모리시마 유키,
Yahoo! JAPAN의 오카다 사토시, 미노와 노리요시, Readyfor의 메
라 하루카, 나쓰카와 유리, 오쿠보 아야노, 하야시 미와, NPO법인
maggie's tokyo 공동대표이사이자 기자 겸 캐스터인 스즈키 미호,
NPO 법인 치매 프렌드십 클럽 이사 도쿠다 다케히토, TOW 사
이토 다쿠, 릿쿄대학의 마쓰모토 사에, 나의 동료이기도 한 마스
자와 나오아키.
　당연한 이야기지만, 나 혼자서는 아무것도 할 수 없었다. '주문

을 틀리는 요리점'이야말로 최고의 멤버들과 함께 이루어낸 최고로 행복한 프로젝트였다.

그리고 요시노야 홀딩스의 가와무라 야스타카 씨, 신쿄테이 오상경 씨, 지카라노코토 홀딩스의 기요미야 도시유키 씨, 파인푸드 시스템스의 미야케 노부유키 씨, 카페 컴퍼니의 구스모토 슈지로 씨, 77회 멤버들, 토머스 앤드 지카라이시의 지카라이시 히로오 씨, 타워 시타의 사토 다쿠야 씨, 도라야의 구로카와 미쓰히로 씨, 산토리의 오키나카 나오토 씨, 아반티의 와타나베 지에코 씨, 야마하뮤직 재팬의 사토 마사키 씨, 즈카하라 다마키 씨.

여러분들이 없었다면, 갑자기 뭉클해지는데, 모든 분들 덕분에 '주문을 틀리는 요리점'은 최고의 요리와 환경을 제공할 수 있었다.

또한 의학 전문기자 이치카와 마모루 씨, NPO법인 soar 대표인 구도 미즈호 씨.

두 분의 발언 덕분에 '주문을 틀리는 요리점'을 세상에 알릴 수 있었다. 진심으로 감사드린다.

마지막으로, 누구보다 '주문을 틀리는 요리점'에서 함께 고생하며 일을 해주신 치매 어르신들에게 감사의 인사를 드린다.

요리점 안에서 얼마나 함께 웃고 울었는가. 나를 잊어버리는 분도 있겠지만, 나는 여러분들을 절대로 잊을 수가 없다.

이 책은 내가 처음 쓴 책이다. 그런 나를 옆에서 지켜보며 함께 해 준 아사출판사의 오가와 아야코 씨에게 감사를 전한다. 단 이틀 문을 열었던 임시 오픈이 끝난 단계에서, 이 책의 기획을 나와 평소 친분이 있던 가와시타 가즈히코 씨를 통해 들었을 때는 많이 놀랐는데, 막상 이렇게 실물을 직접 보게 되니 기쁨이 앞선다. 책의 기획에 대해 끝까지 지켜보면서 적재적소에 적절하고 날카로운 조언을 해 준 사토 가즈오 사장님께도 아울러 감사드린다. 더불어 정감 넘치는 일러스트로 이 책의 세계관을 이끌어 내준 스야마 나쓰키 씨, 제1부를 책임져 준 다마오키 미호 씨. 두 분 덕분에 정말 예쁘고 멋진 책이 탄생했다. 또한 한국어판 발간을 위한 커뮤니케이션 · 번역 등에는 아사출판사 이미화 씨의 도움을 받았다.

모든 분들께 거듭 감사의 인사를 드린다.

—— **퍼져나가라! 날름 혀를 내미는 바람이여!**

자, '주문을 틀리는 요리점' 이야기는 여기까지다.

지금까지의 일들과 앞으로의 일들, 너무 많은 이야기를 주관적으로 이끌어 온 것은 아닌지.

일년 전 지금, 설마 이런 책이 빛을 보게 되리라는 것은 상상도 하지 못했던 것처럼, 내년 이맘때 이 프로젝트가 어디서 어떻게 전개될지 상상을 할 수가 없다.

그러므로 앞으로 '오구니 씨, 책에서 말했던 것과 전혀 다르잖아!' 하는 상황이 벌어져도 살짝 눈감아주시기 바란다.

'주문을 틀리는 요리점'은 관용의 마음으로 지켜보아 주는 것이 가장 좋기 때문이다.

드디어 '주문을 틀리는 요리점'의 이야기는 제1막을 내린다.

부디 그 날름거리는 혀 로고가 온 세상으로 퍼져나가기를!

– 오구니 시로

옮긴이의 글

고령화 사회를 넘어 초고령화 사회라는 말이 낯설지 않은 시대가 되었다. 지금의 젊은이들이 머지 않아 곧 수십 명, 수백 명의 노인을 부양하게 될 것이라는 기사 내용도 이젠 더 이상 낯설지 않다.

나는 현재 시내 대학병원에서 배선원으로 일하고 있다.

입원 환자들에게 하루 세 끼 식사를 운반하는 일이다 보니, 필연적으로 늘 환자와 마주하는 셈이다.

처음에는 '이분들처럼 아프지 않으니 감사하다, 다행이다'라는 생각을 했는데, 일을 하면 할수록 환자 특히 노인들을 보면 남의 일 같지가 않아 안타까운 마음이다.

언젠가는 우리 모두가 겪게 될 일이고, 건강하게 세상과 작별을 고하면 좋겠지만, 그런 기대는 꿈에 가깝다. 몸을 운신할 수 없는 것도 고통이지만, 정신적으로 문제가 생기면 정작 본인이 아닌 사랑하는 가족과 주변 사람들이 힘들어진다는 비극이 기다린다.

가족이나 간병인들의 짜증스럽고 투박한 태도를 마냥 비난할 수만도 없다. '긴병에 효자 없다'는 말이 괜히 나왔을까. 한두 번 문병을 오는 입장이 아니라, 24시간 환자와 함께 생활한다는 것은 상상을 초월하는 신체적·정신적 고통을 동반한다.

이토록 험난하고 고통스러운 간병을 개인적인 문제로만 치부할 수 있을까. 매일 그 세계를 목격하고 느끼고 있는 나에게 특히 이 책은 신선한 충격으로 다가왔다.

'치매 어르신들로 스태프를 꾸려 레스토랑을 운영할 생각을 하다니!' 내용 자체에도 격한 공감을 했지만, 일본이라는 나라가 얼마나 노인복지와 간병 문화에 있어 선진화되어 있는지 새삼 느꼈다. 부러운 마음도 들었다.

저자가 PD라는 직업을 뒤로하고 이런 프로젝트를 기획하게 된 것은 물론 개인적인 상황도 그러했겠지만, 사회적으로 노인복지에 대한 수준이 어느 정도 도달했고 충분히 가능하리라는 인식이 있었기에 가능한 일이 아니었을까.

왕성하게 사회생활을 하고 가족을 부양하다가 이런저런 이유로 치매라는 병을 갖게 된 사람들. 개인 혼자 견디고 이겨내기에는 현실이 녹록지 않다. 이들이 마음 놓고 활동할 만한 공간을 찾기도 하늘의 별 따기다.

그런 중에 이런 식당에 와서 편안하게, 눈치 보지 말고 일하라고 한다면 어떨까. 실제로 손님들도 본의 아닌 실수에 눈치 주거나 화내지 않고 함께 웃어준다면 어떨까.

무엇보다 이들이 결정한 두 가지 룰이 마음에 들었다.

'최고의 질과 품격을 유지하기 위해 노력할 것.'

'일부러 실수를 조장하지 말 것.'

이를 위해서 동참할 멤버들의 자격조건을 정한 것도 참 잘한 일이다. 모든 것을 즐길 수 있는 사람, 자기 일과 연관시키지 않는 사람. 이런 일에 사심이 발동한다면 의미도 취지도 빛을 바랠 뿐이니까.

호기심과 흥미 정도의 기분으로 찾아오는 손님들도 많았을 것이다. 가십거리로 끝나버릴 위험성도 있다. 그렇게 끝내지 않기 위해서라도 이 두 가지 룰은 정말 현명한 결정이었다고 생각한다.

기대대로 이 프로젝트는 긍정적인 반향을 일으켰다. 많은 사람들과 다양한 업계에서 관심과 지원의 손길을 내밀고 있다. 아직 사회적 분위기로 자리 잡았다고 보기에는 시기상조지만, 점점 번져나갈 기미를 보이고 있는 것만큼은 사실인 것 같다. 많은 이들이 '주문을 틀리는 요리점'에 와서 분위기를 즐기고 공감하는 동안 마음이 훈훈하고 여유로워지는 것을 느끼게 되었다고 한다. 그러다 보면 저자가 기대하는 새로운 가치관이 실제로 나타나게 되지 않을까. 크게 심각하거나 문제될 것 없는 실수는 가벼운 마음으로 수용하고 함께 즐기는 분위기. 그 정도의 문제와 갈등은 소통으로 충분히 해결할 수 있다는 긍정적 마인드. 그것이 개인적 가치관에서 이어져 사회적 가치관으로 자리 잡는 나라라면 그야말로 강력한 힘을 갖게 될 것이다.

늙는 것이 두렵지 않은 나라, 병드는 것이 더 이상 불행하고 외롭지 않은 사회. 이 책을 읽으면서 살짝이나마 그 맛을 본 것 같다. '주문을 틀리는 요리점'의 그 현장감이 우리 삶 자체가 될 수 있기를, 관용과 이해와 소통의 공기가 곳곳에 흐를 수 있기를 바라고 고대하는 마음 간절하다.

– 김윤희

옮긴이 김윤희 ｜ 경희대학교 일어일문학과를 졸업하고 현재는 출판 번역 전문 에이전시 베네트랜스에서 전속 번역가로 활동 중이다. 옮긴 책으로는 『위대한 참견』, 『나는 얼마일까』, 『사람은 누구나 다중인격』, 『콜드리딩』, 『나를 바꾸면 모든 것이 변한다』, 『철학의 교과서』 등이 있다.

주문을 틀리는 요리점

초판 1쇄 발행 2018년 8월 1일
초판 8쇄 발행 2022년 6월 7일

지은이 오구니 시로 **옮긴이** 김윤희

발행인 이재진 **단행본사업본부장** 신동해
책임편집 이태화 **디자인** 최보나 **일러스트** 박경연
마케팅 최혜진 이은미 **홍보** 최새롬
국제업무 김은정 **제작** 정석훈
본문사진 Photographed by Mizuho Kudou(p.20), Mamoru Ichikawa(p.23), Yuki Morishima
by D-CORD(p.30~38, 210), Shiro Oguni(p.204)

브랜드 웅진지식하우스
주소 경기도 파주시 회동길 20
문의전화 031-956-7208(편집) 02-3670-1123(마케팅)
홈페이지 www.wjbooks.co.kr **페이스북** www.facebook.com/wjbook
포스트 post.naver.com/wj_booking

발행처 ㈜웅진씽크빅 **출판신고** 1980년 3월 29일 제406-2007-000046호

한국어판출판권ⓒ ㈜웅진씽크빅 2018
ISBN 978-89-01-22602-6 03830

웅진지식하우스는 ㈜웅진씽크빅 단행본사업본부의 브랜드입니다.

※ 책값은 뒤표지에 있습니다.
※ 잘못된 책은 구입하신 곳에서 바꾸어드립니다.